KB042257

암군키환

晤君歸還

일군귀환
嬌春歸墨 7

초판 1쇄 인쇄일 2017년 2월 21일 | **초판 1쇄 발행일** 2017년 2월 23일

지은이 용우 | **펴낸이** 곽동현 | **담당편집 팀장** 이범수
편집부 신연제 이윤아 홍현주 김유진 조서영 임소담

펴낸곳 (주)조은세상 | **출판등록** 제2002-23호
주소 경기도 연천군 미산면 청정로 1355
TEL 편집부 02)587-2966 | FAX 02)587-2922
e-mail bukdu@comics21c.co.kr

용우 신무협 장편소설

ORIENTAL FANTASY STORY

암군귀환

暗君歸還

7

북두
(주)조은세상

CONTENTS

NEO ORIENTAL FANTASY STORY

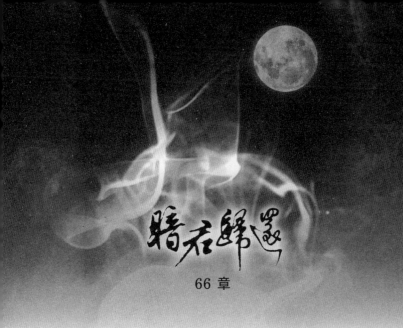

66 章

일월신교의 준동.

일월신교란 네 글자가 가져온 충격은 중원 전역을 강타했다. 설마 했었고, 거짓이라 했었는데.

진짜 일월신교가 등장한 것이다.

단숨에 청해를 집어 삼키고 곤륜파를 지워낸 곤륜산을 거점으로 삼아 자신들의 이름을 만천하에 드러낸 일월신교.

그 강렬함 앞에.

중원 무림이 얼어붙었다.

오랜 시간 중원 무림은 평화롭게 흘러갔다.

정파 무림이 득세하여 내부 다툼이 있을망정, 외부 세력과의 큰 싸움이 없었다.

그랬는데 겨우 일 년도 안 되는 짧은 시간 동안 폭풍처럼 사건이 터지기 시작했다.

중원 내의 각종 사건은 물론이거니와.

밀교.

북해빙궁.

세외무림의 손에 꼽는 거대 세력이 중원을 침략한 것이다. 적절히 잘 막아내긴 했지만 이로 인해 입은 피해는 결코 적은 것이 아니었다.

그 와중에 정도맹이 결성되었고, 사파무림의 부흥을 걸고 사황련이 일어섰다.

격변의 시기를 거치는 무림에 마지막 정점을 찍은 것이 바로.

일월신교였다.

"그야 말로 혼돈이네요."

연신 날아드는 정보를 감당하지 못하고 결국 휘를 찾아온 모용혜가 한숨을 내쉰다.

그렇지 않아도 휘 역시 집무실에 전달되는 서류의 양이 평소보다도 수배나 늘어난 상황.

그만큼 무림이 흘러가는 방향이 빠르게 바뀌고 있었다.

"당분간은 어쩔 수 없겠지. 중요한 건 아직 일월신교는 제 모습을 보이지도 않았다는 거지."

"그걸 사람들이 알아주면 얼마나 좋을까요?"

쓰게 웃는 모용혜.

일월신교가 가져온 충격은 대단한 것이었지만, 반대로 철혈방을 친 이후 더 이상 움직이지 않는 그들을 보며 서서히 긴장이 풀리는 자들도 다수 존재했다.

모용혜의 입장에서 보자면 미친놈들이 넘쳐 흐르고 있었다.

"사람은 직접 당하지 않고선 모를 때가 많으니까. 어쨌거나 놈들을 예의주시해. 일단 움직이면… 쉽지 않을 테니까."

"걱정하지 않으셔도 배치 할 수 있는 인력은 전부 배치했어요. 중원의 모든 정보 단체가 그쪽에 모인 모양이라 올라오는 정보의 양도 엄청나요. 딱히 쓸모가 있는 것은 몇 없는 것 같지만요."

"어쩔 수 없지. 그렇다고 자체적으로 키우자니…."

쓰게 웃는 휘를 보며 모용혜도 고개를 흔들었다.

암문이 가장 필요로 하는 것이 정보이지만 역설적으로 그쪽에 힘을 주어 또 하나의 세력을 키워내는 것은 어려웠다.

시간도 오래 걸리는 일이지만 들어가는 돈도 막대하다.

사실 돈이야 관계없지만 제일 문제가 되는 것은 시간이었다. 시간을 들여서 구축해야 하는 문제인데 그럴만한 여유가 없는 것이다.

때문에 무림에 존재하는 각 정보단체들로부터 돈을 주고 정보를 사오고 있는 실정이었다.

그 외에도 천탑상회와 남궁, 모용세가로부터 전해지는 정보도 작은 양은 아니었고.

어찌 보면 무림에서 가장 다채로운 방향에서 정보를 수집하고 있는 것이 암문이라 할 수도 있었다.

덕분에 그걸 전담하여 처리하고 있는 모용혜의 머리는 터져나갈 것 같았지만. 그녀가 아닌 다른 사람이었다면 벌써 쓰러지고도 남음이 있었을 터다.

그녀 스스로 자신의 가치를 입증해 내고 있는 것이나 마찬가지인 셈이다.

물론 이것이 아니더라도 그녀가 암문에 끼치는 영향력은 대단한 것이었다. 당장 그녀가 사라지면 암문의 살림이 돌아가지 않을 정도니까.

당장 일은 바쁘지만 그녀의 얼굴은 그 어느 때보다 생기가 넘친다.

암문 내의 일을 처리하는 것도 나쁘지 않지만, 역시 그녀가 원했던 것은 지금처럼 무림의 일에 적극적으로 관여하는 것이었다.

"즐거워 보이는군."

"원했던 순간이니까요. 게다가 이제 진짜 제 실력을 발휘 할 수 있는 시간이기도 하고요."

"그건 그렇지. 그래도 아쉽겠군. 이곳에선 네가 원하는 만큼 무언가를 해내기 어려울 테니까."

"그 정도는 이미 각오하고 있어요. 사실, 각오라고 할 것도 없잖아요. 본문이 걸어야 할 길을 생각하면 당연하기도 하고요. 그래도 그 틈에서 보람을 찾는 게 또 하나의 재미겠죠."

웃으며 말하는 모용혜에게 마주 웃어주는 휘.

화끈.

모용혜의 얼굴이 순간 붉게 달아오르지만 순식간에 고개를 숙임으로서 그 사실을 감춰버린다.

이상하다는 생각도 들지 않는 것인지 휘가 자리에서 일어섰다.

"놈들이 평범하게 움직일 리가 없어. 세상에 모습을 드러내고서도 저리 조용하다는 것은 뭔가 꿍꿍이가 있다는 뜻이겠지."

"그렇지 않아도 남궁과 모용세가에서 지속적으로 연락을 해오고 있어요. 혹시 아는 것이 없냐고요."

"준비를 하긴 했지만 그쪽도 긴장을 하고 있겠지."

"상대가 상대이니까요. 일월신교가 그 모습을 드러내고

조용히 넘어간 적이 단 한 번도 없잖아요."

쓸쓸하게 웃는 모용혜.

그 말처럼 일월신교가 나타났을 때마다 무림은 홍역을 겪었다. 어마어마한 피해와 함께.

오죽하면 놈들이 나타 날 때마다 무림이 수십 년은 퇴화한다고 하겠는가.

"정도맹이나 사황련의 움직임도 주시해."

"당장 사황련은 어쩔 수 없겠지만, 정도맹은 할 수 있는 모든 수단을 동원하고 있어요."

내부의 적은 무엇보다 무서운 법.

아직 내부의 적을 완전히 정리하지 못한 문파가 까마득하게 많을 것이다.

아니, 내부에 적이 있다는 사실 자체를 모르는 곳이 대부분.

놈들이 언제 움직일지는 모르겠지만, 중요한 것은 놈들 때문에 정도맹이 자칫 분열 될 수도 있다는 것이다.

그만큼.

놈들은 정도맹의 깊은 곳까지 파고들고 있었다.

❖

스윽.

손끝으로 화려하게 장식된 태사의의 손잡이를 쓰다듬어 본다.

현재로서 구할 수 있는 최고급의 재질로 만들었다고는 하나, 최상품이라곤 할 수 없기에 약간의 이질감이 난다.

하지만 태사의라는 그 막대한 가치 앞에 그 정도는 아무것도 아니었다.

오히려 그게 더 마음에 들었다.

다만 시간이 흘러 진짜 태사의의 주인이 이곳으로 온다면 자리에서 물러나야 하겠지만.

'그래도 언젠가는 이 자리가 완벽하게 나의 것이 된다.'

기분 좋은 미소를 지어보이는 단목성원.

비록 사제인 장양운이 무슨 생각을 가지고 자리를 양보한 것인지 알 순 없지만 이젠 아무래도 좋았다.

한 번 손에 넣은 이 자리를 포기할 생각은 조금도 없으니까.

'놈이 무슨 꿍꿍이를 가졌더라도 상관없어. 놈이 움직이기 전에 이 자리를 확실하게 나의 것으로 만들어 버리면 끝이니까.'

소교주의 자리에 올랐다곤 하지만 아직 불안한 자리인 것은 사실.

그렇기에 단목성원은 이번 일을 기회로 삼아 자신의 자리를 확고히 하고자 했다.

일월신교 안에서 누구도 자신이 소교주란 자리에 앉아 있다는 것을 반대할 수 없을 정도로 큰 공을 세우려고 마음먹은 것이다.

그러면서 장양운의 활약은 눈에 띄지 않게 해야 한다.

때문에 일정보다 일찍.

중원으로 나오게 된 것이다.

"놈은?"

단목성원의 물음에 그제야 조용히 자리를 지키고 있던 일각주가 답한다.

"특별한 움직임은 보이지 않고 있습니다. 일단 감시를 붙여두긴 했으나 보이는 모습으론 맡은 일에 치중하려는 것 같습니다."

"너구리같은 놈이니 눈을 떼지 않도록."

"이미 지시를 내렸습니다."

"녀석도 이곳에 자신의 편이 없다는 사실을 알고 있을 테니, 당장은 조심하겠지. 천각주는?"

"임무를 핑계로 내보냈습니다. 당분간 돌아오기 어려울 것입니다."

일각주의 보고에 마음에 들지 않는 눈으로 턱을 쓰다듬는 단목성원.

"회유는?"

"넘어오질 않습니다. 그렇다고 저쪽에 붙은 것 같지도

않습니다. 그자의 성격을 생각하면 중립을 유지할 것 같습니다. 아니면 재미있어 보이는 쪽으로 움직일 수도 있습니다."

"쯧. 어쩌다 그런 놈이 천각주가 되었는지…."

단목성원이라고 해서 그가 왜 천각주가 되었는지 모르는 것은 아니지만, 오랜 시간 회유를 하고 있음에도 넘어오지 않는 그에게 꽤나 짜증이 난 상태였다.

특히 소교주의 자리에 올랐음에도 넘어오지 않는다는 것에 꽤나 자존심에 상처를 입었다.

"너무 신경 쓰지 마십시오. 본각과 월각만 하더라도 충분히 주군께서 하시고자 하는 일에 힘을 보태 드릴 수 있을 것입니다."

"하긴, 그렇지. 나머지야 어떻든. 결국 일각과 월각이 내 손에 들어온 이상 다른 곳은 크게 신경 쓰지 않아도 무관하겠지."

"그렇습니다. 목숨 받쳐 주군께서 원하시는 것이라면 이루어내고 말겠습니다."

믿음직스런 일각주를 보며 단목성원의 입가에 미소가 떠오른다.

단목성원이 가장 믿을 수 있는 존재.

그 가장 첫 번째에 놓이는 것이 바로 일각주다.

그렇기에 속을 털어놓을 수도 있고, 비밀을 필요로 하는 일에 믿고 쓸 수 있는 것이다.

"천각주에게서도 눈을 떼지 않을 수 있도록 해."

"천각주를 중심으로 천각이 워낙 뭉쳐있는 탓에 우리쪽 인원을 심을 수가 없었습니다."

둘러 그를 밀착 감시하는 것이 불가능하다는 그의 대답이었지만, 단목성원 역시 알고 있었다는 듯 고개를 젓는다.

"멀리서 놈이 움직이는 것을 확인하는 것만으로도 충분해. 천각은 함부로 건드려서 좋을 것이 없으니까."

"그럼 그리 조치하도록 하겠습니다."

"좋아. 사천당가는 어떻지?"

"큰 움직임은 없습니다만, 그 실력과 영향력에 있어 사천 제일로 판단됩니다."

"먹잇감으로 충분하군."

웃으며 자리에서 일어서는 단목성원.

일월신교의 이름이 중원에 널리 퍼졌으니 이젠 그 힘을 확실히 보여줄 때였다.

그 첫 번째 목표로 단목성원이 점찍은 곳이 사천당가였다.

사천의 오랜 패자이자 오대세가의 일원이며 그 힘과 영향력에 있어선 사천제일이다.

무림 제일의 복마검전이 바로 사천이다.

당장 사천에서 이름이 드높은 문파가 한 둘이 아니지만 그 중에서도 단목성원이 당가를 목표로 잡은 것은 첫째로 재수 없는 정파라는 것.

둘째로 사천을 넘어 무림에서 오랜 시간 이름이 높다는 것.

셋째로 자신의 능력을 충분히 보여 줄 수 있는 상대라 판단했기 때문이었다.

마지막으로 당가의 자랑이 독과 암기이기 때문이다.

독과 암기.

무림에서 당가는 이 두 가지로는 수백 년에 걸쳐 최고의 자리를 굳건히 지켜왔다.

"독과 암기라… 재미있겠어."

그리고 바로 그 점이 단목성원의 흥미를 강하게 당기고 있었다.

웅웅.

자신도 모르는 사이 그의 몸을 따라 흐르는 내공.

검푸른 그 기세를 뒤편에서 보고 있던 일각주의 얼굴에 흐뭇한 미소가 떠오른다.

❖

일월신교의 준동과 함께 발등에 불이 떨어진 곳이 있었으니 바로 사천 무림이었다.

그렇지 않아도 사황련의 본 단이 사천에 둥지를 틂으로서 난리가 난 판에 바로 이웃성인 청해를 일월신교가 아예 집어삼켜 버린 것이다.

내부도 시끄러워, 외부도 시끄러워.

그야 말로 진퇴양난의 기로에 선 사천 무림.

혹자는 사황련의 본거지는 원래 오호문의 것이었으니 크게 달라진 것이 없다고 주장하는 자도 있었지만, 설득력이 많이 떨어졌다.

당장 사황련이 들어선 주변 마을의 분위기가 달라지고 성장 속도로 달라졌다.

거기에 사황련으로 들어가는 물자 역시 정도맹에 뒤지지 않을 정도로 어마어마한 양이 흘러 들어가고 있었다.

뿐 만인가?

중원 전역의 사파무인들 중 문파를 등에 업지 않은 자들이 사황련 무인이 되기 위해 발걸음을 옮기고 있었다.

그렇지 않아도 뜨거운 사천 무림이 더 달아오른 것이다.

이런 상황에서 일월신교까지 나섰으니.

사천 무림 전체가 뜨거워지다 못해, 이젠 건드리면 터질 정도로 긴장감이 팽팽하게 돌기 시작했다.

사황련 최심부이자 가장 높은 곳에 지어진 사황의 거처.

그 꼭대기는 사방으로 창을 터놓아 어디를 보더라도 사황련 전체의 모습을 볼 수 있도록 고안되어 있었다.

"정세가 하루에도 수십 번은 변하고 있습니다. 특히 일월신교가 모습을 드러낸 이후, 그동안 미온적이던 문파들도 적극적으로 합류 의사를 밝혀오는 등 여러 가지로 처리해야 할 일이 많습니다."

군사인 삼뇌 사마공의 말에도 창밖을 내다보고 있는 사황은 아무런 반응을 보이지 않았다.

익숙하다는 듯 이어서 보고를 올리는 삼뇌.

"소문으로 돌긴 했습니다만, 일월신교가 실제로 등장하자 무림이 혼란스러운 모양새입니다. 아무래도 소문이 돈 이후 밀교와 북해빙궁까지 거물의 연속된 등장으로 인해 일월신교에 대한 의심이 사라진 이후였을 테니 말입니다. 어쩌면 놈들은 이것을 노렸을 수도 있습니다."

"암문은?"

"별 다른 움직임은 없는 것으로 알고 있습니다."

"암문주에게 연락을 보내. 보자고 한다고."

"알겠습니다. 헌데, 이렇게까지 그에게 신경을 쓸 필요가 있겠습니까? 일월신교와의 싸움이 끝나고 나면 결국 무림엔 난세가 찾아올 것입니다. 그때가 되면…."

"그땐 그때고. 당장은 놈들을 막아내는 것이 중요해."

"…알겠습니다."

결국 고개를 숙이고 물러서는 삼뇌.

홀로 남게 되자 그제야 사황은 몸을 돌려, 의자에 앉았다.

이미 식어버린 차.

부글부글.

삼매진화를 응용하여 순식간에 차를 데워버리는 사황.

후릅.

'일월신교 놈들이 움직이지 않고 있다는 것은 아직 본진이 도착하지 않았다는 것이겠지. 본진이 도착하지 않은 상황에서 놈들이 움직일까?'

길게 고민할 것도 없었다.

당장 자신이 저들을 이끄는 상황이었다면 당연히 움직였을 테니 말이다.

철혈방을 무너트린 모습만 보더라도 선발이라고 하기엔 지나치게 강한 힘을 보유한 그들이다.

본진이 오길 기다린다기보다는 어딜 먼저 쳐야 할 지 고민하고 있다는 것이 맞을 것이었다.

"우리 쪽으로 오면 꽤 재미있을 것 같긴 한데… 안되겠지?"

개인적인 입장에서야 놈들과 제대로 한판 뜰 수 있으니 재미있는 싸움이 되겠지만, 사황련 전체를 생각한다면 그래선 안 되었다.

아직 사황련은 완전하지 못하다.

제대로 굴러가려면 아직 시간을 더 필요로 하는 곳인 것이다.

일월신교의 입장에선 꽤 먹음직스런 먹잇감일 것이다.

'그래도 오지 않겠지.'

"나도 그럴 테니까."

놈들의 목표는 사황련이 아닐 터다.

이제 겨우 일어서기 시작한 사황련은 분명 먹음직스런 먹잇감이지만 중원 진출을 자축하는 화려함을 보여주기엔 부족한 면이 많다.

게다가 사천에 둥지를 튼 문파가 어디 한 둘인가.

강하고, 역사가 있고, 무림에 큰 충격을 줄 수 있는 문파.

안타깝지만 사파에겐 해당이 되지 않는다.

"결국 정파. 그것도 청성, 아미… 당가인가?"

자신이 말해놓고선 웃음을 터트리는 사황.

"나라면 어딜 칠까? 구파일방의 축인 청성과 아미? 아니면 오대세가의 일원인 당가?"

홀로 중얼거려보지만 의외로 답은 쉽게 나왔다.

"나라면 무조건 당가겠지. 싸움이 나면 뒤로 독과 암기에 신경을 쓰게 되는데, 무림에서 이름 높은 당가를 죽여놓으면 그 뒤엔 어려운 일이 없겠지. 재미있겠는데?"

웃으며 차를 단숨에 비우는 사황 하우성.

외부의 시선과 달리 완벽하게 사황련을 자신의 수족처럼 다루고 있는 그에게 있어 이 정도 추리는 어렵지 않은 일이었다.

아니, 조금만 머리가 돌아가는 인물들이라면 놈들의 목표가 당가가 될 것이란 사실을 모를 수가 없었다.

또한 이 싸움을 시발점으로 일월신교와 중원 무림 간의 진정한 싸움이 시작된다는 것도.

중원 무림 이전에 정도맹과 사황련의 알력 싸움이 먼저 있을 수도 있었다.

일월신교의 힘을 가늠한 이후엔 손을 잡을 것인지, 말 것인지를 택해야 하는데 그 과정에서 어마어마한 잡음이 흘러나올 것은 당연한 일.

어느 쪽을 택하더라도 결국 한 몸처럼 움직이긴 어려웠다.

"결국 그 중심에 서는 것이… 녀석이란 말이지."

머릿속으로 한 사람을 떠올리며 하우성은 쓰게 웃었다. 마치 지금 상황이 녀석이 그려놓은 그림처럼 흘러가는 것만 같아서.

"어쩔 셈이냐. 넌."

진중한 얼굴의 휘가 모용혜의 설명에 따라 사천지도를 바라본다.

사천 전 지역을 그려 놓은 거대한 지도가 평소라면 중원 전도가 걸려있던 자리에 걸려 있었다.

"···따라서 놈들의 목표는 사천당가가 될 것이라 생각하고 있습니다."

"남궁과 모용은?"

"아직 알리진 않았어요."

그녀의 대답에 휘는 두 눈을 감았다.

휘가 침묵에 빠지자 그녀도 자리를 벗어나 자신의 자리에 앉아 목을 축였고, 회의실에 앉은 이들은 침묵을 유지했다.

그렇게 잠시 뒤 휘가 자리에서 일어섰다.

"놈들이 중원으로 진격하는 것은 기정사실이고. 놈들의 첫 목표가 당가라는 것도 이젠 확실해진 상황. 지금 상황에서 우리가 택할 수 있는 길은 몇 가지가 있긴 하지."

"네. 직접 놈들을 상대하는 것과 주변에 이 사실을 알리는 것. 혹은··· 방관하는 것까지. 당장만 하더라도 몇 가지 방법이 떠오르죠."

"맞아. 그런데 난 이상하게··· 내키지가 않는단 말이지."

어느새 지도 앞까지 다가선 휘가 손가락으로 당가가 자리 잡은 곳을 툭툭 건드린다.

평소라면 벌써 움직일 준비를 마치고도 남았음이 있지만 이번만큼은 달랐다.

어딘지 모를 찝찝함.

말로 설명할 수 없는 그 무엇인가가 당가로 향할 휘의 발을 붙들어 두고 있었다.

마치 이번 일에 개입하지 말라는 것처럼 말이다.

"당가의 위치와 힘을 생각하면 이들을 구하는 것이 옳은 일인데, 알고 있는데, 왜지?"

툭. 툭.

지도를 두드리며 혼잣말을 하는 휘.

그런 휘를 보며 회의실의 누구도 입을 열지 않았다. 대답을 구하는 물음이 아니라는 것을 알기 때문.

그렇게 한참을 고민하던 휘가 몸을 돌려 세운다.

"우선 남궁과 모용에 이번 일과 관련된 사항을 알려주도록 해. 이들에 대한 대처는 그래도 같은 오대세가의 일원인 그들이 나서는 것이 낫겠지."

"네."

"암영들을 모두 불러들이고, 언제든지 움직일 수 있는 준비를 마치도록."

"예."

모용혜와 백차강이 차례로 대답을 하고 나서야 회의가 끝났다.

모두가 빠져나간 회의실에 홀로 앉은 휘는 의자 채로 방향을 돌려 지도에서 눈을 떼지 않았다.

어느새 사천 지도를 걷어내고 중원 지도가 한 눈에 들어온다.

"단목성원이겠지."

당가를 치는 데 앞장 설 인물.

장양운이 위험을 감수하고 이곳까지 왔던 이유가 뭐였던가. 바로 놈을 죽여 달란 청탁을 하기 위해서였다.

물론 놈의 부탁을 당시엔 받아들이지 않았지만 시간이 흐르면서 휘의 생각도 달라졌다.

아니, 상황이 그렇게 흘러가고 있었다.

놈을 죽이는 것만이 중원 무림이 일월신교를 상대 할 시간을 더 벌 수 있었다.

놈의 계략에 휘말리는 것 같아 기분이 좋지 않지만, 이젠 어쩔 수 없는 일이었다.

"차라리 전력으로 부딪치면?"

찰나 고민을 해보지만 곧 고개를 흔든다.

혈마공을 얻으며 그 실력에 자신이 붙은 것은 사실이다.

혈마공을 얻기 전에도 강했지만, 얻고 난 이후엔 이전과 비교 할 수 없을 정도로 강해졌다.

일전 광혈쌍마와의 싸움을 통해 얻은 것들을 녹여내며 이젠 괴검조차 휘를 상대하는 것을 버거워 할 정도였다.

'아직 멀었어. 시간이 흘러 괴검을 백초 안으로 제압 할 수 있게 된다하더라도… 그 괴물에겐 상대가 되지 않겠지.'

오싹.

떠올리는 것만으로도 온 몸에 소름이 돋는다.

휘가 기억하는 한 최악의 존재이자 앞으로 막아서야 할 존재.

일월신교주.

'최악의 괴물.'

부르르.

떠는 몸을 다잡지만 그 짧은 시간에 온 몸이 식은땀으로 가득하다.

자신이 강해졌다곤 하나, 주변 상황을 보면 그 괴물 역시 이전과 비교 할 수 없을 정도로 강해졌을 것이 분명했다.

'내가 기억하는 것보다 더 강해진 놈들을 보면 그 괴물 역시 마찬가지겠지. 결국 방법은 하나야. 착실히 놈의 세력을 줄이면서 내가 실력을 높여 놈을 죽이는 수밖에.'

당장 확률이 높은 방법은 아니다.

그럼에도 휘는 포기 할 수 없었다.

놈이야 말로.

자신을 이렇게 만들어버린 장본인이었으니까.

휘는 잊지 않았다.

자신의 몸임에도 자신의 뜻대로 움직이지 못하고, 놈들의 인형이 되어 움직였던 그 고난의 시간을.

으드득!

"반드시. 반드시 죽여주마."

휘의 두 눈 가득 살기가 맺힌다.

騎歸在墨邀 67 章

67 章

　일월신교를 떠받치는 오각(五閣).

　그 중에서도 최강이라 평가 받는 일각의 인원은 겨우 천명 남짓.

　수만에 이르는 정예들 중에서 겨우 천명 남짓한 인원만이 일각에 들어갈 자격이 주어지는 것이다.

　일각은 오직 실력으로만 들어갈 자격이 주어지고, 설령 일각의 무인이 되었다 하더라도 실력이 떨어지면 그 자격을 박탈한다.

　시기에 따라 인원의 변동은 있지만 일천이라는 숫자에서 크게 움직이지 않는다.

소수지만 최정예를 꾸리는 것.

그것이 일각이었다.

그에 반해 일각의 뒤를 잇는 월각은 조금 달랐다.

물론 실력이 없으면 들어 갈 수 없다는 것은 동일하지만 그 숫자에 제한을 두지 않는다.

덕분에 월각 무인만 근 오천에 달한다.

이들 전부가 최고수라 할 수는 없지만 수준 이상의 무인 임은 분명했다.

특히 월각은 일각에 들어가기 전에 거쳐 지나가는 곳으로도 유명했으며, 일각에 들어갈 실력이 되면서도 월각이 좋다는 이유 하나만으로 월각에 눌러 앉은 고수들도 여럿.

그런 세월이 쌓이다 보니 이제와선 일각과 월각을 동일 선상에 두고 비교하는 자들도 서서히 늘어나고 있었다.

아무리 일각이 최정예로 인원을 꾸리고 있다곤 하지만 월각의 숫자와 실력 역시 무시 할 수 없다는 것이 중론인 것이다.

그리고 이런 평가가 점점 많아질수록.

단목성원의 얼굴엔 미소가 가득해진다.

일각주가 단목성원에게 충성을 받치듯, 월각주 또한 그에게 충성을 맹세한 사람이기 때문이다.

그가 소교주의 자리에 오르고 난 뒤엔 노골적이라 할 수 있을 정도로 그의 수족이 되어 움직이고 있었다.

일각이야 이전부터 그런 움직임을 보여 왔지만 월각의 경우 그런 기색도 보이지 않았기에 장양운이 잠시 놀랐던 적도 있지만 그뿐이었다.

아예 생각지 않은 것도 아니기 때문이다.

좋든 싫든 단목성원은 자신보다 무려 십년이나 앞서서 일월신교주의 제자가 되었다.

그로 인해 맺은 인맥이란 그의 상상 이상일 것이라 예측했던 것이다.

월각주 역시 그리 생각하자 장양운의 마음이 되려 편해졌다.

동시 지각을 자신이 붙든 것이 최고의 한수였음을 다시 한 번 깨달을 수 있었다.

지각이 아니었다면 자칫 놈에게 오각 전체가 넘어가는 불상사가 일어날 수도 있었을 테니 말이다.

아무리 자신이 발버둥 쳐도 오각이 넘어갔다면 일월신교를 얻을 수 없었을 것이다.

그나마 지각이 자신의 것이니 기회의 끈을 놓지 않을 수 있었다.

'당가를 칠 것이라 예상은 했지만, 이렇게 느릿하게 움직일 줄은 몰랐군.'

슥, 슥슥.

빠른 속도로 각종 서류를 처리하는 장양운.

눈과 손이 서류를 보고 있는 것과 달리 그의 머릿속은 전혀 다른 생각을 하고 있었다.

'하긴 신중한 놈의 성격을 생각하면 이것저것 따지기 바쁘겠지. 먹잇감을 정해놓고서도.'

"다음."

서류의 산을 완전히 처리하고 난 뒤 밖을 향해 말하자 기다렸다는 듯 안으로 들어와 서류를 가져간다.

그리고 잠시간의 여유를 즐기기 위해 차를 직접 준비하는 장양운.

달칵.

모락모락.

뜨거운 김이 피어오르는 용정차를 바라보기만 할 뿐 정작 손을 뻗진 않는다.

'놈이 당가를 잡아먹을 수 있다면 일월신교 전체에서 놈의 이름이 높아지겠지. 그로 인해 뒤가 든든해질 것이고. 내가 어떻게 움직이더라도 그 자리를 지킬 수 있다는 계산이 벌써 섰겠지.'

후르륵.

조금의 시간이 지나고 나서야 천천히 차를 음미하는 그.

용정차 특유의 향과 맛이 온 몸에 퍼지자, 경직되어 있던 근육들이 풀리는 느낌이다.

'문제는 멍청하지 않고서야 본교의 다음 목표가 당가라는 사실을 모르지 않겠지. 청성과 아미가 있긴 하지만 객관적으로 봤을 때 당가의 이름에 뒤지니까.'

손으로 찻잔을 매만지고 있을 때, 산더미 같은 서류가 다시 책상위에 쌓인다.

본래 일을 나눠서 처리해야 할 단목성원이 모든 일을 장양운에게 미루었기 때문에 벌어진 일이지만 장양운은 불평을 토해내지 않았다.

이렇게 서류를 처리하면서 얻을 수 있는 것들도 적지 않기 때문이다.

거기에 아직은 자신이 움직일 때도 아니었고.

'놈에게 당가는 그리 어려운 상대가 아닐 거야. 일각과 월각을 동원하는 싸움이라면 더더욱. 어떻게 한다? 내버려 둬도 괜찮겠다 싶긴 하지만….'

장양운의 얼굴에 맺히는 미소.

그의 입장에선 단목성원이 성공적으로 일을 치르든, 실패를 하든 아무런 상관이 없었다.

성공하면 그의 자리가 확고해지겠지만, 죽고 나선 그 자리로 무효한 법이니까.

실패를 한다면 그것도 괜찮았다.

아무것도 하지 않고 자신의 이름을 높일 수 있으니까.

그래도 굳이 따지라면.

'실패 쪽이 좋겠지.'

그편이 더.

재미있을 테니까.

장양운의 손이 빠르게 서류 사이를 오간다.

❖

당가(唐家).

그 이름 앞에 단 두 글자를 덧붙이면 무림에서 모르는 자가 없을 이름이 된다.

사천당가(四川唐家).

몇 백 년에 걸쳐 쌓아올린 업적과 이름은 이제와 결코 무너지지 않을 철옹성을 쌓는데 성공했다.

무림 오대세가의 일원이자 중원 전역에서 그 이름을 모르는 자가 없을 정도로 유명한 곳이 된 것이다.

특히 독과 암기에 있어 천하제일을 표방하는 곳이 당가였다.

다른 세가들과 다르게 당가는 한 울타리 속에 세 구역으로 나누어 놓고 있었는데.

한 곳은 독과 관련된 일을 진행하고, 한 곳은 암기와 관련된 사항을.

마지막 한 곳은 당가 전체를 진두지휘한다.

특히 독과 관련된 일을 하는 곳엔 의방도 함께 차려져 있는데, 이곳에서 치료를 받으려는 사람들로 문전성시를 이루고 있었다.

독을 잘 다룬다는 것은 다시 말해 의학에서 통달했다는 뜻.

덕분에 당가에서 가장 많은 자금을 벌어들이는 곳이 바로 이곳이었다.

매일 같이 사람이 드나들던 당가의 정문이 닫힌 것은 일월신교가 등장하고도 열흘이 지나서였다.

쾅!

쩌저적!

강하게 내려친 회의실의 원목이 비명을 내지르며 무너지지만 회의실에 자리한 누구도 입을 열지 못한다.

"하필! 하필이면!"

으드득!

이를 갈며 분노한 모습을 감추지 않는 노년의 사내.

당가주 칠절독(七絕毒) 당기기의 분노에 모두의 안색이 어둡다.

일월신교의 목표가 당가라는 사실은 바로 어제 남궁과 모용으로부터 전달해 들었다.

그때는 믿지 않으려 했다.

아무리 두 세가의 이름을 걸고 하는 이야기라 하더라도 쉽게 믿을 수 있는 이야기가 아니었던 것이다.

하지만 이젠 상황이 바뀌었다.

바로 오늘.

겨우 하루 차이로 도착한 정도맹 사자에게 당가가 놈들의 첫 번째 목표가 될 것이란 이야기를 전해들은 것이다.

남궁과 모용.

그리고 정도맹까지.

이젠 믿지 않을 도리가 없었다.

심지어 정도맹에선 늦지 않도록 무력을 동원하기 위해 벌써 정예 무인들의 파견을 준비하고 있다고 전해왔다.

"준비는?"

마침내 분을 다스린 가주의 물음에 장로들 중 한 사람이 일어서서 보고를 시작했고, 다른 이들 역시 분주히 준비하기 시작했다.

"외부인의 출입을 막았으며, 세가 무인 전체에 비상령을 내렸습니다. 외부에 나간 무인들에게도 긴급 소집을 명령했습니다만. 가까운 곳에 있는 자들을 제외하곤 복귀하는 데 아무래도 시간이…."

"그건 어쩔 수 없지. 그 외에 비전투인원은?"

"급한 데로 짐을 꾸리는 중입니다. 정도맹 본단에서 받아주기로 이야기가 되었습니다."

"세가를 비우다니. 하! 세가 역사에 길이길이 남을 일이로군."

으드득!

이를 악무는 당가기.

당가가 문을 연 이후 단 한 번도 세가를 비워본 적이 없었다. 그동안 있었던 수많은 외침에도 말이다.

헌데, 이번에 처음으로 세가를 비우게 되었다.

비록 비전투인원이라곤 하지만 세가의 자존심에 큰 금이 간 것은 어쩔 수 없는 일이었다.

심지어 오래 전 일월신교의 중원 침공에서도 당가는 물러서지 않았었다.

그럼에도 불구하고 이번엔 다른 반응을 보이는 이유는 단 하나.

지금의 일월신교를 막아낼 자신이 없기 때문이었다.

자존심 하나로 먹고 산다는 말이 있을 정도로 자존심이 강한 당가지만 이번엔 순순히 자신들의 부족함을 인정했다.

그렇지 않다면… 당가는 이대로 끝일 테니까.

"서둘러라. 필요한 모든 것을 가져가라. 만약의 경우엔… 그들이 당가의 기둥이 될 것이니."

"…알겠습니다."

이를 악물며 고개를 숙이는 장로.

모두들 알고 있었다.

이번 싸움이 당가의 미래를 결정지을 것이란 사실을.

'오대세가란 이름에 취하지만 않았어도! 아니, 내가 잘 했어야 했다!'

뒤늦게 후회해보지만 어쩔 수 없는 일이었다.

겉보기와 달리 당가는 속에서부터 곪아가고 있었고. 그 상처가 지금.

외부에도 보일 정도로 크게 터진 것일 뿐.

"이대로. 이대로 당가가 무너질 순… 없다!"

"어? 어?! 어!"

날아드는 정보를 쉴 새 없이 취합하던 모용혜에게 긴급히 전달된 서찰하나.

그 서찰 하나가.

조용하던 암문에 평지풍파를 불러 일으켰다.

"썩은 과일이었나."

긴급히 전달된 사안을 전달들은 휘가 한숨을 내쉰다.

겉보기론 건실하고 여전히 제 모습을 유지하고 있던 당가이지만 그 실상은 돌이킬 수 없을 만큼 곪아 있었다.

어떻게든 막고 있던 상처가 일월신교의 등장과 함께 터져버리고 만 것이다.

"지금까지 이걸 숨기고 있었던 것이 용할 정도네요."

"대 무림 사기극이라고 해야 할지…."

그녀의 말에 백차강이 뭐라 말을 해야 할지 모르겠다는

듯 고개를 절래 절래 흔든다.

필요한 순간을 빼면 거의 말이 없는 백차강이 뭐라 입을 열 정도로 당가의 일은 충격적이었다.

"대외적으로 당가의 활동이 줄어든 것은 분명하지만 본래 외부 활동이 많지 않았기 때문에 그러려니 했는데, 설마 무인의 숫자가 줄었기 때문일 것이라곤 생각지도 못했네요. 심지어 외부에서 움직여야 할 때는 제 모습을 보여주었는데, 그게… 그게 전부라니."

더 이상은 할 말이 없다는 듯 모용혜가 한숨을 내쉰다.

백차강의 말처럼 그야 말로 대 무림 사기극이나 마찬가지다.

만약 이 사실이 미리 알려졌다면 당연히 오대세가란 자리에서 그 이름이 빠졌을 테니까.

아니, 그렇기 때문에 세가 전체가 똘똘 뭉쳐서 외부의 시선을 속여 왔을 지도 모른다.

"속인 놈도, 속아간 놈도 나쁜 거지. 이번 경우에는."

혀를 차며 자리에서 일어나는 휘.

등짐을 진채 중원 지도를 바라보던 휘가 물었다.

"현재 당가의 전력은?"

"스스로 밝히길 최대 전력치의 5할이라고 하지만 실제로는 3할도 아슬아슬하겠죠. 최대 전력이라는 것도 말장난에 불과하니까요. 언제적 전력인지도 확인 할 수 없구요."

"네 생각은?"

"그래도 양심이 있다면 근 백년 안의 전력을 이야기 할 테니, 십년 전 암왕(暗王)으로 불리셨던 그분이 계실 때를 이야기하는 것이 아닐까 싶어요. 그렇게 추정한 것이 3할 정도. 여기에 외부에 보였던 것들이 있으니 3할. 최대치가 그 정도겠죠. 당장 다른 곳과 비교를 하자고 한다면…."

"됐어. 비교 할 필요도 없을 것 같으니까."

잔인하지만 현실적인 휘의 반응에 모용혜도 입을 다물었다. 사실 더 이야기하기도 좀 부끄러웠다.

'이런 건 내가 좀 더 빨리 알아차렸어야 하는 것인데.'

속으로 한숨을 내쉬는 그녀.

오대세가라는 이름에 가리어져 그들에 대한 정보를 수집하는 것에 등한시 했고, 그 결과가 이것이었다.

만약 좀 더 상세한 정보를 손에 쥐고 있었다면 당가의 상태에 대해 더 빠르게 알아냈을 수도 있었다.

비단 그녀뿐만 아니라 무림 전체가 속아 넘어갔지만, 기분이 좋지 않은 것은 어쩔 수 없었다.

"그래서 당가의 전력이 약화된 이유는?"

"스스로 밝히질 않아 확실한 사실은 아니지만, 검제께서 언급하시길 전대에서 일어난 후계 다툼이 그 원인일 수도 있다 하셨어요."

"전대라면… 칠절독 이전의 가주를 말하는 건가?"

"네. 정확히는 현 가주의 아버지가 되겠죠. 몇 년 전 눈을 감으신 것으로 알고 있어요."

그녀의 말에 휘는 한숨과 함께 고개를 저었다.

사실 전생에서도 당가가 명성에 비례하여 힘을 못 쓰기는 했다.

다만 그것이 당가 자체의 전력이 약해서라기보단 일월신교의 집요한 공격 때문일 것이라 생각했었다.

실제로 암영들만 하더라도 어지간한 독과 암기는 통하질 않았으니까.

그래서 깊이 생각하지 않았는데, 이런 맹점이 있을 것이라곤 예상치 못했다.

'어쩔 수 없나?'

될 수 있으면 이번 일은 보고 있으려 했지만, 상황이 이렇게 되자 움직일 수밖에 없게 되었다.

당가가 완전한 전력이라도 일월신교를 막아낼 수 없을 것이란 것이 휘의 판단이었다.

당가가 무너지면 거기에서 올 타격이 크다는 것도 알고 있다. 그럼에도 불구하고 움직이지 않으려 했던 것은 감이 나쁜 탓도 있지만, 당가가 버티고 있으면 정도맹에서 도움을 줄 것이란 사실을 알기 때문이다.

다시 말해 최소한 당가가 무너지지 않도록 그들이 도울 수 있다는 것이다.

이 역시 적잖은 충격이 되겠지만 당가가 완전히 멸문하는 것보단 나쁘지 않았다.

특히 이 일을 계기로 무림이 일월신교에 대한 경각심을 확실히 심어 줄 수 있다면 말이다.

그랬었는데, 이젠 생각을 바꿔야 했다.

당가는 결코 일월신교의 공격에서 버텨 낼 수 없었다.

단, 며칠도!

정도맹 정예들이 도착하기 전에 당가는 불타오를 것이 뻔했고, 그것은 휘가 바라는 바가 아니었다.

그런 상황을 막으려면 결국 자신이 움직이는 수밖에.

남의 손에 계속해서 일을 맡겨 놓으면서 자신의 뜻대로만 움직이길 바라는 것은 과한 욕심이니까.

일단 결정을 내리자 휘의 움직임이 빨라졌다.

"어쩔 수 없지. 우리가 움직인다. 일각 안에 준비를 마치고 움직인다."

"존명!"

우렁찬 대답이 회의실을 가득 채우고.

정확히 일각 뒤 암영들이 암문을 빠른 속도로 벗어나기 시작했다.

저 멀리 사천성을 향해.

"서둘러라!"

"이쪽으로!"

"거기, 거기 조심하라고!"

당가를 시끄럽게 울리는 소리들.

수많은 외침과 난잡할 정도로 어지럽게 움직이는 사람
들.

그 모습을 지켜보는 당가기의 얼굴이 어둡다.

뒤로 도열한 장로들이라고 해서 크게 다를 것이 없었다.

어떻게든 이전 세대에서 잃어버린 것들을 되찾기 위해
수도 없이 노력했지만, 당가의 특성상 단기간에 회복하기
란 불가능한 일에 가까웠다.

철저하게 혈족들로만 운영되는 폐쇄적인 당가.

오대세가들 중에서도 가장 폐쇄적인 곳이 당가였고, 이
는 당가 전체가 하나로 똘똘 뭉칠 수 있는 계기이기도 했지
만 큰 약점이기도 했다.

심지어 남궁세가마저도 혈족과 방계를 차별을 두긴 하지
만 그 실력이 뛰어나다면 외원이 아닌 혈족들만 들 수 있는
내원에 들어갈 자격을 준다.

즉, 실력만 증명 할 수 있다면 더 높은 자리에 오를 수 있
는 것이다.

이에 반해 당가는 혈족이 아니라면 제 아무리 뛰어난 실력이 있어도 당가의 핵심에 자리하는 것은 불가능한 이야기였다.

당가기도 그 점을 알기에 어떻게든 고쳐보려 했지만 몇 년 전 전대 당가주이자 자신의 아버지가 죽기 전엔 고칠 수가 없었다.

이제 겨우 어느 정도 궤도에 올린 상태인데, 그 성과가 나오기 시작한 시점에서 사건이 터진 것이다.

감당 할 수 없는 큰 폭탄이.

"아이들은?"

"말을 바꾸며 빠르게 정도맹 본단을 향해 이동 중이라는 보고가 있었습니다. 마차가 탈이 나거나, 적의 방해가 없는 한 앞으로 열흘 안으로 도착 할 수 있을 것 같습니다."

"그나마 다행이로군."

빠르게 아이들을 정도맹 본단으로 보낸 것은 그나마 다행이었다. 최소한 후대는 걱정하지 않아도 될 테니까.

"정도맹은?"

"본단 무인들을 빠른 속도로 파견했고, 인근 문파에서도 무인들을 보내주겠다는 확답이 있었습니다. 나흘. 나흘만 있으면…."

"놈들도 바보가 아닌 이상 나흘을 기다리지 않겠지."

"……."

장로들의 입이 다물어진다.

당가의 힘이 전성기 시절의 것을 유지하고 있을 것이라 생각하고 있을 때도 공격하려던 놈들이다.

전력이 바르지 못하다는 사실을 알았는데도 그냥 물러설까? 바보가 아닌 이상 더 쉬운 먹잇감이 생겼다고 좋아하지, 싫어하진 않을 터다.

이빨 빠진 호랑이 신세가 되었지만 당가란 이름이 무림에서 가지는 의미는 여전했으니까.

"오늘 중으로 모든 작업을 완료하게. 자정을 기점으로 모든 기관과 진법을 발동시키고, 본가는 전시 상황에 돌입한다."

"존명!"

"왜 당가일까?"

모두가 떠나고 홀로 남은 암문에서 모용혜는 쉬지 않고 날아드는 정보들을 취합하면서도 한편으론 일월신교의 첫 목표가 왜 당가인 것인지에 대해 고민했다.

물론 추측하는 것이 없진 않았다.

이제와선 무림 곳곳에서 비슷한 생각을 가진 이들이 많을 것이다. 자신이 알리기도 했고, 머리가 좀 돌아가는 자들이라면 어렵지 않게 떠올릴 수 있으니까.

그렇기에 그녀는 고민하는 것이다.

모두가 알고 있고, 철저히 대비를 한 상황에서 그곳을 공격한다?

아무리 전력이 잘 갖춰져 있고, 자신이 있다 하더라도 쉽게 도전할 수 있는 것이 아니었다.

결국 수하들의 희생이 따른다는 것은 마찬가지니까.

더욱이 다른 곳도 아니고, 그 당가다.

외부도 아니고 당가란 성벽 속에서 수성을 벌일 그들을 뚫는다는 것은 보통 일이 아니었다.

'뭔가가 있는 것 같은데, 잡힐 것 같으면서도 잡히질 않는….'

쉴 새 없이 머리를 굴려보지만 확실히 감이 오는 것이 없다. 안개가 가득 낀 수풀을 걷는 기분이랄까.

분명한 것은 의심스럽다는 것이다.

특히 휘와 암영들이 전부 당가로 향하고 난 뒤엔 더욱 그러했다.

휘가 연신 기분이 좋지 않다는 것 또한 하나의 이유가 될 수도 있다.

여러모로 기분이 좋지 않았다.

'힘내세요. 제발!'

그녀가 할 수 있는 것이라곤 마음으로 기도하는 일.

그것뿐이었다.

"준비는?"

"원하신다면 언제든 움직일 수 있습니다."

단목성원의 물음에 당당하게 대답하는 일각주.

그리고 그 옆에서 호리호리한 인상의 여인이 조용히 고개를 끄덕인다.

결코 예쁜 얼굴은 아니었지만 한 번 보면 결코 잊혀 지지 않을 것 같은 얼굴을 가진 그녀.

얼굴 가득 어지간한 전쟁터를 구른 사내들보다 많은 흉터를 가지고 있으니 당연하다면, 당연한 일일 터다.

보통의 여인들이라면 어떻게든 이 흉터를 없애려 노력하겠지만, 그녀 월각주는 결코 그러지 않았다.

이 흉터야 말로 여인의 몸으로 월각주에 오르는 동안 얻은 명예라 생각하기 때문이었다.

실제로 일월신교 내에서 여인의 몸으로 가장 높은 자리에 오른 것이 바로 그녀였다.

섬전창(閃電槍) 벽단홍.

일월신교 제일의 창술을 지녔다고 인정받는 것이 바로 그녀였다.

일각과 월각.

완벽한 시작을 위해 두 각에서 이번에 동원한 인원만 물경 이천.

일각에서 오백. 나머진 월각의 무인들이었다.

최정예로만 꾸민. 당장이라도 구파일방 한 둘 정도는 쉽게 박살내버릴 수 있는 전력을 갖춘 것이다.

"중원의 반응은?"

"멍청이들만 있는 것은 아닌 모양인지 사천당가가 본교의 첫 목표가 될 것이라 확신하는 분위기 입니다. 정도맹에서 무인들이 출발했고, 사천에 근간을 두는 문파들도 당가를 향해 지원을 보낼 것 같습니다."

"재미있겠군."

일각주의 보고에 단목성원은 시원한 미소를 지어보였다.

그라고 해서 이미 공격 대상이 밝혀진 곳을 치는 것이 얼마나 힘든 일인지 왜 모르겠는가.

더욱이 그 악명 높은 당가이지 않은가.

"우리의 목표는… 당가만이 아니다. 그 점을 확실하게 인식시켜놔."

"충분히 일러뒀습니다. 당가를 친 이후 곧장 하루걸러 아미와 청성을 칠 것이니 철저히 준비를 하라 했습니다. 누구도 부족한 상태로 움직이지 않을 것입니다."

"좋아, 좋아. 놈은?"

"조용합니다."

턱을 쓰다듬으며 잠시 고민하던 단목성원이 월각주를 바라본다.

"은신에 능한 수하들 몇을 놈의 곁에 붙여두고 이상

움직임이 있으면 바로 보고하는 것으로 하지. 가능하겠
지?"

"즉시 조치하겠습니다."

마치 군인처럼 각 잡으며 명령을 받는 그녀.

"솔직히 중원 놈들보다 저놈이 더 신경 쓰인단 말이지?"

"이제 와선 어떻게 할 방법도 없어 보입니다. 놈에게 붙
을 확률이 높은 자들은 모조리… 다른 곳으로 보내버렸으
니까요. 일을 치르고 소교주님께서 돌아오는 그 순간까지
놈들은 이곳에 쉽게 합류할 수 없을 겁니다."

"그래. 그렇지."

일각주의 단호한 말에도 불구하고 단목성원은 어딘지 모
를 찝찝함을 느껴야 했다.

다만 그 찝찝함을 길게 가져가진 않았다.

놈이 무슨 짓을 꾸미든 박살 내버릴 자신이 있으니 말이
다.

"언제가 좋겠어?"

"오늘 이동을 시작하면 이틀 안으로 사천당가에 도착 할
수 있을 것이라 생각합니다."

"그때가 제격이란 소리군."

"정도맹이나 주변 문파에서 지원을 오기 전에 처리하는
것이 좋을 것이란 판단입니다."

일각주의 말에 월각주도 동의한다는 듯 고개를 끄덕이고.

그에 단목성원 역시 그 의견을 받아 들였다.

"좋아. 지금 바로 움직이지."

"명!"

일월신교.

그들이 본격적으로 움직이기 시작했다.

정확히 이틀.

이틀 째 저녁놀이 채 지기도 전에 단목성원을 위시한 일월신교의 무인들이 당가 정문에 당당히 그 모습을 드러낸다.

거대한 깃발을 휘날리며 아예 정문을 향해 진을 친 그들의 등장에 중원 무림은 경악하지 않을 수 없었다.

물경 이천이다.

이천에 달하는 인원이 청해에서 사천의 중심부까지 움직이는 동안 그 누구도 눈치 채지 못한 것이다.

청해 외곽으로 셀 수도 없을 만큼 많은 정보꾼들이 집결해 있고, 사천 역시 만만치 않다.

어지간한 무인이라도 그들의 눈을 완전히 피하는 것이 불가능한데, 이들은 무려 이천이란 엄청난 인원을 이끌고서도 누구에게도 발각되지 않고 이동을 한 것이다.

이는 무림에 여러 가지로 충격을 가져다주었지만, 발등에 불이 떨어진 곳은 역시 놈들의 목표라 할 수 있는 당가였다.

탕! 탕! 탕!

"못! 못 가져와!"

"이쪽도 자재가 부족해!"

담벼락을 경계로 두고 당가의 무인들 중 일부가 당가에 설치되어 있는 기관진식과 연계되는 간이 암기를 설치하고 있었다.

겉으로 표시가 되기에 평소엔 설치해두기 그렇지만, 지금과 같은 상황에선 하나라도 더 많이 설치해야 했다.

이것 하나가 세가 무인들의 목숨을 더 많이 살릴 수 있을 테니까.

그렇게 당가 무인들이 바쁘게 움직이고 있을 때, 당가 회의실 역시 분주히 의견이 오가고 있었다.

"당장 놈들이 도착은 했습니다만, 오늘 움직일 것 같지는 않습니다. 아무런 흔적도 없이 비밀리에 이곳까지 온 것은 분명 대단한 일이지만…."

"아닙니다. 오늘 당장 놈들이 쳐들어올 겁니다. 앞으로 이틀이면 정도맹의 무인들이 지원을 온다는 사실을 놈들이 모를 리 없습니다. 그렇지 않고서야…."

"중요한 것은…!"

시장 통을 방불케 하는 소란이 회의실을 가득 채우지만 가장 상석에 앉은 가주 당가기는 두 눈을 감은 채였다.

저들의 이야기가 들리지 않는 듯 아무런 말도 없이 묵묵히 자리를 지키고만 있는 그.

시간이 흐르며 그제야 가주의 기묘한 분위기를 눈치 챈 것인지 회의장이 서서히 조용해지기 시작했고, 마침내 침묵이 일 다향 쯤 이어지자 그가 눈을 떴다.

"한심하군. 적을 코앞에 둔 상황에서 다툼이라니…."

"……."

"나는 이곳을 떠나지 않는다. 설령… 죽어 혼 밖에 남지 않게 된다하더라도."

그 말을 끝으로 자리를 떠나는 당가기.

어느새 투기를 물씬 드러내는 가주의 뒷모습을 보며 장로들 누구도 입을 열 수 없었다.

그리고 거의 동시 다들 자리에서 일어섰다.

하나 같이 투기를 드러내며.

가주의 한 마디에 깨어난 것이다.

당가의 자존심이.

그냥 눈으로 볼 때는 평상시와 크게 다를 것이 없어 보이는 당가의 담벼락이지만, 그곳에서 흐르는 미세한 기의 흐름을 단목성원은 놓치지 않았다.

시간이 지날수록 점차 기의 흐름이 강해지는 것이 저들이 발동시킨 기관진식이 그 위력을 더해가고 있음이 분명했다.

어디서 가져온 것인지 편안한 의자에 앉아 그 모습을 지켜보던 단목성원이 곁에 선 월각주를 향해 명령을 내린다.

"시작해."

"존명."

고개를 숙인 그녀가 뒤편을 향해 손짓하자.

기다렸다는 듯 월각의 무인들이 일제히 당가를 향해 달려가기 시작한다.

파바밧! 팟!

오백에 이르는 일차 공격대가 빠른 속도로 당가를 향해 달려가고, 그것은 계속해서 외부를 주시하던 당가 무인들에게 금세 알려진다.

"적이 온다!"

"막아!"

담벼락 안쪽이 소란스럽고.

일월신교 무인들이 담벼락을 넘으려는 그 순간!

철컹, 철컹!

담벼락 일부가 뒤집히더니 원통의 기묘한 놈이 모습을 드러내고. 제대로 확인할 시간도 없이 강철 쇠뇌를 쏘아내기 시작한다.

푸슉! 슉!

퍼버벅! 퍽!

비명을 지를 틈도 없이 급작스런 쇠뇌의 공격에 속절없이 당한 몇몇 월각 무인들이 쓰러졌지만, 금세 익숙해진 듯 날아드는 쇠뇌를 각자의 무기로 쳐내는 그들.

그것을 확인한 당가에서 새로운 것을 꺼내들었다.

덜컹!

방금 전의 것과 유사한 것들이 모습을 드러낸다 싶은 순간, 짙은 녹색의 연기를 일제히 뿜어낸다.

"독(毒)!"

"해독단을!"

쇠뇌가 날아올 때는 조용하던 월각 무인들이 독을 확인하자마자 부산스럽게 움직인다.

그러면서도 달려가는 것을 멈추지 않았는데, 공통적으로 품에서 작은 단환을 꺼내 입에 물었다.

일월신교에서 만든 해독단으로 어지간한 독은 모조리 해독시킬 수 있는 막강한 능력을 지닌 것이었다. 그만큼 만드는데 시간과 비용이 들긴 하지만.

당가를 상대하는데 이보다 좋은 것이 없었다.

"저걸 공수하느라 시간을 지체했는데, 나쁘지 않군."

"교에서 오랜 시간에 걸쳐 만들어 낸 것입니다. 당가가 제 아무리 독을 잘 다룬다 하더라도, 이런 곳에서 쓸 수 있는 것은 제한되어 있는 법이지요."

일각주의 말에 단목성원은 비릿하게 웃었다.

급작스런 기관의 작동으로 수하 몇을 잃긴 했지만, 다들 잘 버티며 앞으로 나아가고 있었다.

누군가 이 모습을 보았다면 일월신교의 힘과 능력에 경악을 했을 것이다.

철옹성이라 불리는 당가가 큰 힘을 쓰지 못하는 모습을 보며 말이다.

그리고 단목성원이 내내 당가를 우습게 봤던 원인 중 하나가 바로 여기에 있었다.

"독이라는 것도 결국 자신이 살고 남을 죽이려고 쓰는 것이니, 제대로 된 해독제만 하나 있어도 문제가 될 것이 없지. 거기에 실력까지 반 토막 나버린 상황이라면야."

"전달된 이야기로는 아이들은 정도맹 본단으로 이송되고 있는 모양입니다."

"내버려둬. 어차피… 나중에 한 번에 처리해도 될 테니까."

이미 당가의 상황을 손바닥 보듯 바라보고 있었다.

그럴 수밖에 없었다.

무림 전체에 일월신교의 간자를 심지 않은 곳이 없었고, 당가라고 해서 크게 다를 것이 없었다.

물론 당가 특유의 폐쇄성 때문에 깊은 곳까진 들어가지 못했지만, 어느 정도 근접한 곳까지 온 것도 사실.

덕분에 단목성원은 앉은 채로 놈들의 소식을 알 수 있었다.

이는 당가뿐만 아니라 이후의 목표인 청성과 아미도 마찬가지였다. 오히려 그쪽이 더 수월할 정도다.

오랜 시간 공을 들여 중원 전체를 상대로 작업을 해왔던 성과가 이렇게나마 드러나는 것이다.

"시간을 충분히 끌 수 있도록 하고."

"조용히 앞뒤로 인원을 교체하고 있습니다."

"놈들의 위치는?"

"빠른 속도로 이동 중이라 정확한 위치를 가늠하기 어려우나 내일 새벽이면 도착 할 것으로 예상됩니다."

일각주의 보고에 단목성원은 만족스런 얼굴로 고개를 끄덕였다.

본래 단숨에 당가와 청성, 아미를 치려고 했지만 갑작스레 날아온 소식에 모든 계획을 변경했다.

이유는 하나.

암문이 움직였기 때문이다.

일월신교의 행사에 사사건건 방해하며 귀찮게 굴건 놈들. 이젠 일월신교에서도 놈들에 대해 확실히 인지를 하고 있었다.

알고 있으면서도 놈들을 치지 않은 것은 중원으로 본격 진출을 결정했기 때문이었다.

어차피 중간에 부딪칠 것이라 군이 나서서 제거할 필요가 없다 생각한 것이다.

오만한 판단이지만 일월신교의 힘을 생각한다면 어쩌면 당연한 일일 수도 있었다.

그렇기에 주변에 정보원들만 심어 놓았는데, 거기에 놈들이 걸린 것이다.

굳이 숨길 필요가 없다 판단한 것인지 대놓고 움직였기에 놈들의 행적을 쫓는 것도 어렵지 않았다.

"암문이라, 재미있는 놈들이었으면 좋겠군. 녀석도 놈들에게 당했다지?"

"예. 본교에 알려지지 않은 강자로 판단되며, 그 수하들역시 수준급이란 판단입니다."

"좋군, 좋아. 이렇게 움직이지 않아서야… 몸에 낀 때때문에 여차 할 때 제대로 움직일 수가 없을 것 같단 말이지. 이번 기회에 제대로 몸을 풀었으면 좋겠는데 말이야."

오싹.

조용히 말하는 단목성원을 보며 일각주는 온 몸에 이는오싹함에 식은땀을 흘려야 했다.

직접 움직이는 일이 거의 없지만.

단목성원은 교주의 첫 번째 제자.

그 실력과 능력은 이미 인정을 받았다.

다만 폐관에서 나온 이후 제대로 된 실력을 내는 것을 단한 번도 보이지 않았을 뿐.

이전에도 강했던 그가 얼마나 더 강해졌을 런지 일각주 자신으로서도 상상 할 수 없었다.

다만 확신 할 수 있는 하나는.

'이젠 나로선 결코 상대가 될 수 없겠구나. 강해지셨어.'

자신은 그의 상대가 될 수 없다는 것이었다.

폐관에 들기 전부터 그러했지만.

그렇게 일각주가 감탄에 빠진 사이 당가의 담벼락을 중심으로 요란한 싸움이 벌어지고 있었다.

정작 그 요란한 싸움 중에 죽어가는 쪽은 당가 무인들 뿐이었지만.

쐐애액!

파앗-!

고속으로 움직이는 휘를 선두로 그의 뒤를 쫓는 암영들.

단독으로 움직이면 더 빠르게 움직일 수도 있겠지만, 휘는 적절히 속도를 배분해가며 암영들과 발을 맞추고 있었다.

평소라면 벌써 달려갔겠지만, 암문을 나서기 전부터 몸을 짓누르는 찝찝함이 당가에 다가서면 다가설수록 심해지고 있었다.

그렇기에 수하들과 보조를 맞추고 있었다.

이렇게 하면 그나마 덜했기 때문이다.

"무림에 나와 이런 적은 또 처음이네."

"네?"

혼자 중얼거렸을 뿐인데 화령이 어느 새 되물어 본다. 화령의 온 신경이 휘에게 쏠려있기에 가능했던 일.

그녀의 물음에 휘는 아무것도 아니라며 고개를 젓고선 앞으로 바라본다.

이제 조금 있으면 해가 떠오를 시간이다.

당가까지의 거리도 얼마 남지 않았으니, 해가 오를 때쯤이면 그들도 당가에 도착 할 것이 확실했다.

"백차강."

"예."

"지휘는 네가 한다. 될 수 있으면 한 발 물러서서 개입하도록 하고."

"적극적으로 지원하진 않습니까?"

"…느낌이 좋지 않아. 언제든 발을 뺄 준비를 한다."

"존명."

휘의 말에 백차강이 고개를 숙이며 뒤로 물러선다.

당가가 가까워지면 가까워질수록 계속되는 불안감은 휘의 머릿속을 어지럽게 만들었기에 아예 지휘를 백차강에게 일임해 버렸다.

그라면 자신을 대신해 암영들을 충분히 잘 이끌어 줄 것이 분명했다.

모용혜란 걸출한 두뇌가 합류해서 그렇지, 그 역시 떨어지는 머리를 가지고 있는 것은 아니었다.

오히려 어지간한 문파에서 참모 역할을 충분히 해낼 정도의 머리를 지니고 있는 것이 백차강이었다.

"만약의 경우."

"예?"

다시 접근하는 백차강에게 휘는 전음을 날렸다.

- 만약의 경우 내게 신경 쓰지 말고 철수해. 이후는 네게 일임한다.

- 하지만….

- 명령이다.

- …존명.

명령이란 그 소리에 백차강은 얼굴을 굳히며 고개를 숙였다.

다른 사람도 아닌 암영의 주인.

암군의 명령이다.

백차강이 거절 할 수 있는 것이 아니었다.

그렇게 해가 뜨기 전.

휘를 필두로 한 암영들이 당가를 지척에 둔 곳에 도착했다.

어찌나 빠르게 달려온 것인지 검은 무복 전체에 먼지가 가득한 암영들.

그러면서도 누구하나 숨을 헐떡이지 않는다.

마지막 순간 속도를 늦추며 호흡과 체력을 조절한 덕분이었다.

산 정상에서 내려다보는 당가의 상황은 개판이었다.

당가가 자랑하는 기관은 박살이 난 채 외원의 담벼락은 그 기능을 잃어버렸고, 임시로 설치한 암기와 진법으로 발을 잠시 붙들어 두었을 뿐.

"금세 뚫리겠군요."

"본격적인 싸움은 저곳, 내원을 중심으로 벌어지겠지. 그렇지 않아도 약한 전력을 분산시킬 순 없었을 테니까."

"처음부터 외원 쪽은 버리는 패였겠군요."

"어느 정도는."

외원에 쓰러진 자들의 행색을 보며 휘는 얼굴을 찌푸렸다. 당가 무인들이 대부분이고, 일월신교의 무인들은 몇 없었다.

실질적으로 손해만 입고 이득은 조금도 없는 상황인 것이다.

게다가.

"월각… 그리고 일각인가."

휘의 시선이 저 멀리 깃발을 휘날리며 아직도 움직이지 않고 있는 일월신교의 본진을 바라본다.

가까이가지 않고서도 알 수 있었다.

저토록 강한 기운을 뿌려대는 무인은 일월신교에서도 많지 않고, 그 중에서도 저리 많은 숫자를 동원 할 수 있는 곳은 오각.

그 중에서도 일각과 월각 뿐.

처음부터 쉽지 않은 싸움이 될 것이라 예상은 했지만, 설마 벌써부터 일각과 월각을 만나게 될 것이라곤 생각지 못했다.

'언젠가 부딪칠 것이라 생각은 했지만. 이래서 그랬던 건가?'

으득.

이를 악무는 휘.

전생에서 분명 암영들은 저들에 뒤지지 않는 활약을 했었다. 허나, 활약은 활약이고 하나하나의 실력을 따지자면 저들에게 밀리는 것도 사실이다.

일월신교 최정예라 할 수 있는 일각과 월각이지 않은가.

결코 쉬운 상대가 아니었다.

전생과 비교 할 수 없을 정도로 암영들이 성장했다고 하지만, 저들 역시 월등히 강해졌다.

이미 몇 번이고 그런 상황을 겪지 않았던가.

놈들과 충돌한다면 어떤 결과가 나오게 될 것인지 예측할 수 없었다.

그렇다고 지금 저들과 부딪칠 수도 없는 것이, 놈들과

달리 휘는 지금 있는 암영들의 전부였다.

전력의 전부를 동원하여 지금 놈들과 부딪치기란 어려움
이 있었다.

그렇기에.

휘는 결단을 내릴 수밖에 없었다.

"백차강."

"예."

휘의 불음에 재빨리 다가서는 백차강.

"이곳을 벗어난다."

"예?"

갑작스런 말에 당황하는 백차강. 아니, 오영 모두가 당황
하며 휘의 앞에 집결한다.

싸움을 앞두고서 물러서는 법이 없던 휘다.

그런 그의 입에서 이런 명령이 떨어 질 줄은 몰랐던 것이
다.

"즉시 암영 전체를 이끌고 암문으로 복귀한다."

"주군!"

"답은?"

"주군!"

"답을 물었다!"

단호한 휘의 외침에 백차강은 이를 악물며 고개를 숙였
다.

"백차강. 명령을 받듭니다."

"너희도 마찬가지다. 한 명도 남겨두지 않고 당장 돌아가라. 만약의 경우. 뒷일을 부탁한다."

"주군!"

"부탁할 사람이 너희 밖에 없다."

오영들의 얼굴을 보며 말하는 휘.

그 진중한 모습에 오영들은 더 이상 입을 열 수 없었다. 심지어 화령조차도.

굳은 그들의 얼굴을 보며 휘가 몸을 돌려 저 밑에서 날뛰고 있는 일월신교 무인들을 바라본다.

"너희의 실력이 모자라서가 아니다. 너희가 전부이기 때문에. 쉽게 잃을 수 없기 때문이다."

"……."

"가라."

"…명."

휘의 말과 함께 백차강이 고개를 숙였고, 뒤를 이어 남은 오영과 암영들 전부가 휘를 향해 고개를 숙였다.

그리고 백차강을 선두로 왔던 길을 거슬러 돌아가기 시작했다.

이전과 비교 할 수 없을 정도로 빠르게.

마치 속도로 분을 풀려는 듯.

그 모습을 보며 쓰게 웃은 휘는 저 멀리 일월신교 본진을 바라봤다.

본진이라고 하기엔 너무나 작은 인원이지만 저 작은 인원이 일월신교 전력의 2할은 족히 될 터였다.

"쉽지 않은 싸움이겠어."

다시 돌아온 이후 시간이 지날수록 쉽지 않은 싸움의 연속이었지만, 오늘처럼 막막하긴 처음이었다.

혼자서 수백, 수천에 이르는 놈들을 상대해야 하니까.

그때였다.

저 멀리 놈들 속에서 기이한 시선이 느껴지기 시작했다.

'누구지?'

그제야 휘도 눈에 내공을 담아 시선이 느껴지는 곳을 바라보았고, 자신이 있는 곳을 바라보고 있는 한 사람.

단목성원을 발견했다.

"호?"

"왜 그러십니까?"

"꽁지 빠진 개 마냥, 꼬리를 빼는가 싶더니 제법이로군. 게다가 날 눈치 챈 것을 봐선 실력도 제법이고."

웃으며 자리에서 일어서는 단목성원.

누구도 느끼지 못한 암영들의 기척을 이 먼 곳에서 단목성원은 정확하게 잡아냈다.

당장에라도 싸움에 끼어들 듯 하다가 돌아서는 모습에서

실망했지만, 자신의 시선을 눈치 채고 정면으로 바라보는 놈을 보며… 단목성원은 만족했다.

"기다린 보람이 있어."

"주군?"

이유를 알 지 못하는 일각주에게 미소를 지어보인 그가 명령했다.

"이후는 네게 맡기지. 난… 아무래도 저쪽과 놀아보는 것이 좋을 것 같으니."

휙!

말이 끝나기 무섭게 몸을 날려 무서운 속도로 사라지는 단목성원을 보며 일각주는 잠시 고민하다 월각주에게 말했다.

"뒤를 부탁하지."

"그러죠."

흔쾌히 그의 부탁을 받은 그녀가 지휘를 위해 앞으로 나서고, 일각주는 그가 사라진 곳을 향해 재빨리 몸을 날렸다.

비록 지휘명령을 받았지만 그녀가 지휘한다면 믿고 맡길 수 있었다.

평소라면 단목성원을 믿고 자신이 맡을 일에 전념했겠지만, 이번엔 이유도 알 수 없는 불길함이 그의 심장을 두드리고 있었다.

자신을 향해 다가서는 놈을 보며 휘는 곁눈질로 당가의 상황을 살핀다.

당장 버티고 있는 것 같지만… 일월신교의 전력을 생각하면 사실상 놀고 있는 것이나 마찬가지다.

'뭔가 꾸미는 것이 있는 건가?'

"상관없지. 중요한 건… 아무래도 저쪽인 것 같으니."

쐐애액!

허공을 가르며 날아든 단목성원이 휘의 정면에 내려선다.

당당한 체격에서 뿜어져 나오는 거친 기세.

보통 사람이라면 휘말리는 것만으로 서 있을 수 없었겠지만, 휘는 놈의 기세를 자연스럽게 흘려낸다.

그에 재미있다는 듯 아예 작정하게 기세를 끌어올려 휘를 공격하는 단목성원.

고오오!

거칠어지는 놈의 기운에 휘는 속으로 한숨을 내쉬며 내공을 끌어올렸다.

쿠오오오!

기다렸다는 듯 울부짖는 두 마리의 혈룡.

두 사람의 기운이 부딪치기 시작하자 거친 폭풍이 일어난다.

휘이잉!

콰직! 콰지직!

태풍이라도 몰아치는 듯 강렬한 파동을 이기지 못한 나무들이 부러지고, 발밑의 돌들이 쩍쩍 벌어진다.

그러길 잠시.

"후, 후후. 후하하하! 크하하하하!"

돌연 큰 웃음을 터트리는 단목성원.

웃음과 함께 그의 몸에서 흘러나오던 기세 역시 순식간에 사라진다.

휘 역시 기세를 거두었지만, 긴장감은 늦추지 않았다.

상대의 실력이 결코 자신에게 떨어지지 않음을 눈치 챈 것이다.

'아니, 어쩌면 더 강할 지도.'

그와 함께 놈이 누구인지 알 것 같았다.

'첫 번째 제자. 단목성원. 놈이… 확실해.'

"이거 재미있군. 본교의 행사를 방해하고 다닌다고 해서 제법 기대를 하긴 했는데, 이런 실력자일 줄이야! 좋군, 아주 좋아! 적당한 굴곡이 있어야 재미있지!"

"……"

"일월신교의 소교주. 단목성원이라고 한다. 네 이름은?"

"…암군 장양휘."

"암군? 암군이라. 그거, 제법 잘 어울리는 이름이로군."

웃으며 말하는 단목성원.

이미 휘에 대한 정보를 대략적이나마 손에 넣었음에도 이렇게 다시 물어본 것은 혹시나 하는 마음에서였다.

　물론 그 혹시나 하는 마음마저도 기대감으로 바뀌게 된 것은 순식간의 일이었지만.

　"제대로 놀아볼까?"

　단목성원의 눈이 기대감으로 가득 불타오른다.

特勤精鹰 68章

68 章

단목성원에 대해 휘의 머릿속에 기억되어 있는 것은 거의 없었다.

주화입마로 인해 중원 진출 전에 죽었다는 것과 일월신교주의 첫 번째 제자였다는 것.

이것 이외에 가지고 있는 정보라곤 조금도 없었다.

전생에서 그에 대한 이야기를 꺼내는 것은 금기시되었을 정도라 어디서 흘려들을 만한 이야기도 없었다.

하지만 지금 휘는 그를 마주하고 있었다.

살아있는 단목성원을 말이다.

그리고 이 순간 알 수 있었다.

그가 왜 일월신교주의 첫 번째 제자가 될 수 있었던 것인지.

왜 그가 죽고 난 뒤 사람들이 입에 올리는 것조차 금기시했던 것인지.

'악마 같은 재능의 소유자로구나!'

자신도 괴물 같은 재능을 소유했다 할 수 있지만 눈앞의 사내는 자신의 수준을 까마득히 뛰어넘고 있었다.

만약 그가 자신과 같은 길을 걸었다면?

벌써 일월신교를 박살내고도 남음이 있었을 것이다.

그것도 단독으로 말이다.

왜 그가 일월신교주의 첫 번째 제자인 것인지.

왜 장양운이 자신에게 놈을 죽여 달라 부탁했던 것인지.

첫수를 부딪치는 그 순간.

모든 것을 깨달을 수 있었다.

쩡!

치직, 치이익!

발을 끌며 뒤로 하염없이 밀려나는 휘!

발목이 땅을 파고 들 정도로 몸이 고정된 상태였건만 어마어마한 충격에 뒤로 밀려났다.

이후 온 몸에 밀려드는 강렬한 고통!

욱씬, 욱씬.

첫 격돌일 뿐인데도, 마치 수 시진은 싸운 것처럼 온 몸이 아파온다.

"좋아, 좋아."

뭐가 그리도 좋은 것인지 연신 웃으며 천천히 몸을 푸는
단목성원.

어느 사이에 그의 손에 들린 철검 한 자루.

아무런 특색 없는 평범한 철검이지만, 휘의 눈엔 혈룡검
에 결코 뒤지지 않는 명검처럼 느껴졌다.

웅, 웅—.

혈룡검 역시 휘에게 동의 한다는 듯 연신 울어대고.

그것을 본 단목성원이 재미있다는 듯 손가락으로 혈룡검
을 가리킨다.

"제법 좋은 검이잖아? 괜찮은 전리품이 되겠어. 아! 그러
고 보니 소개가 늦었군."

스르륵.

손가락으로 자신의 검을 쓰다듬으며 휘를 바라보는 단목
성원.

"일월신교 최고의 보물 중 하나. 일월검(日月劍)이야. 겉
보기는 평범해 보여도, 어때? 괜찮지?"

스륵.

서컥!

날리는 낙엽을 가볍게 검을 휘두르는 것만으로 베어버리
며 자랑하는 단목성원.

굳이 그가 말하지 않아도 알 수 있었다.

보통 검이 아니라는 것을 말이다.

게다가 휘는 일월검에 대해 제법 잘 알고 있었다.

어찌 모르겠는가?

전생에서 장양운 놈이 가지고 다녔던 것이니.

'소교주에게 내려주는 것인가? 쯧! 하필이면…'

혈룡검이 천하에 이름이 높진 않지만 그 어느 검과 견준다 하더라도 떨어지지 않음을 휘는 잘 알고 있었다.

문제는 놈의 손에 들린 일월검 역시 결코 혈룡검에 뒤지지 않는다는 것이다.

서로의 손에 들린 무기의 성능이 비슷하다면 결국 사용자의 실력으로 싸움의 행방이 갈릴 것인데.

고오오-.

놈의 몸에서 흘러나오는 기세가 매섭다.

쉽게 추측을 할 수 없을 정도로.

"아직도 머리로 생각해야 할 것이 많은 모양이지? 아예 더 기다려 줄까? 그러기엔 내 몸이 제법 달아오른 것 같기도 한데."

웃으며 말하는 단목성원.

그 미소가 얄밉기 그지없지만, 휘는 고개를 끄덕여 버렸다.

"그래주면 고맙겠군."

"…뭐?"

"많이는 필요 없고. 일 다향 정도면 딱이겠어."

저벅저벅.

말이 끝나기 무섭게 성큼성큼 걸어 뒤편이 바위 위에 엉덩이를 걸치는 휘를 멍하니 보던 단목성원이 결국 크게 웃음을 터트린다.

"푸하하핫! 좋아! 너 진짜 재미있구나! 오랜만이야, 이렇게까지 날 즐겁게 만든 사람은. 좋아! 내 입에서 나온 말이니 약속을 지키지."

씩 웃으며 뒤로 물러서 나무 기둥에 몸을 기대는 그.

그 모습을 실눈을 뜬 채 보던 휘는 아예 눈을 감아버렸다. 눈을 감자 좀 더 생생하게 다가온다.

놈의 몸에서 흘러나온 기운들의 움직임이.

폭발하는 화산처럼 쉴 새 없이 터져 나오는 놈의 기운은 순식간에 사방을 물들이며 점차 자신의 영역을 늘리고 있었다.

그 진득하면서도 뜨거운 기운은 휘로서도 쉽게 볼 수 없는 종류의 것이었다.

아니, 생전 처음 경험하는 종류의 것이라 할 수 있었다.

이젠 당가가 문제가 아니었다.

자신이 살아남느냐, 마느냐의 문제로 변질되어 버렸다.

'이래서 기분이 그 따위였던 건가?'

이제와 생각해보면 자신의 감도 그리 나쁘진 않았던 모양이다. 주변 상황 때문에 결국 와버렸지만 말이다.

'최악의 경우 백차강이 나 대신 암문을 잘 이끌어 주겠지. 암영들이 제 능력을 발휘하고 정도맹과 사황련이 손을 잡고 대항한다면 충분히 가능성이 있지. 여기에 천마신교와 봉황곡도 있고. 모용혜라면 어쩌면 북해빙궁을 끌어 들일 수도 있을 지 모르겠군.'

그러고 보면 자신이 아니더라도 충분히 암문은 앞으로도 잘 굴러갈 수 있었다.

막상 그리 생각하니 섭섭하기 그지 없지만, 한편으론 참으로 다행이라 여겨졌다.

자신이 죽더라도 누군가가 자신의 뜻을 이어 놈들과 싸워 줄 것이니까.

스윽.

"일 다경은 된 것 같은데?"

그때 나무에 기대었던 몸을 일으키며 단목성원이 기세를 끌어올리고.

휘 역시 자리에서 일어서며 두 마리의 혈룡을 풀어냈다.

쿠오오오!

괴성을 내지르며 사방을 휘젓는 혈룡들.

단전에서 시작된 힘의 흐름이 끝도 없이 외부로 이어진다.

만만한 상대가 아니라는 사실에 혈룡들도 처음부터 전력으로 나서고 있는 것이다.

온몸 구석구석 믿을 수 없을 정도로 충만함이 감돈다.

마음 같아선 손가락 하나로도 어지간한 상대는 죽일 수 있을 것 같을 정도로.

문제가 있다면 놈이 그리 호락호락 하지 않다는 것이지만.

꾸욱!

웅, 웅!

혈룡검을 쥔 손에 힘을 주자 혈룡검이 대답이라도 하듯 가볍게 울며 막대한 내공을 끌어 당긴다.

어마어마한 양.

평범한 무인이라면 혈룡검의 방금 행위로 단숨에 내공이 고갈되며 죽을 수도 있었겠지만, 휘의 막대한 내공은 아무런 문제도 없게 만들어 버린다.

적어도 내공에 있어선 천하제일의 수준에 이른 것이 휘이지 않은가.

붉은 기운이 선명하게 휘의 몸 위로 떠오르고.

그에 맞춰 단목성원의 몸 위로 자색 짙은 기운이 폭발적으로 흘러나오기 시작한다.

쿠오오오!

콰직, 콰지직!

두 사람의 기가 충돌하며 다시 한 번 주변의 나무가 부러지고, 산 정상이 서서히 무너진다.

기의 충돌이라곤 믿을 수 없는 결과.

정작 두 사람의 얼굴엔 가벼운 긴장감과 흥분감이 도배되어 있을 뿐, 큰 움직임은 없다.

파직, 파지직!

둘의 기운이 허공에서 부딪치며 강렬한 마찰음을 만들어내고.

히쭉.

단목성원의 웃음과 함께 그가 먼저 달려들었다.

"핫!"

짧은 기합과 함께 일직선으로 찔러 들어오는 일월검.

심장을 향해 날아드는 일월검의 궤적이 날카롭다 생각될 때쯤 휘 역시 그냥 있진 않았다.

앞발에 힘을 주며 혈룡검을 사선으로 강하고, 빠르게 그어 올렸다.

쩡!

허공의 한 접점에서 부딪치는 두 검.

밑에서 올려 친 휘가 반동을 이용해 몸을 회전시키며 검을 찔러 넣으려는 찰나.

단목성원 역시 반동을 이용해 뒤로 물러서고 있었다.

'놓치지 않는다.'

쐐애액!

한 번 잡은 공격의 끈을 놓지 않기 위해 휘는 강하게 땅을 구르며 단목성원을 향해 달려들었다.

거기에 최대한 몸을 쭉 뻗으며 혈룡검을 날카롭게 찔러 넣지만!

스컥!

허공을 가르는 날카로운 소리와 함께 단목성원의 신형이 뱅글 돌더니 혈룡검을 피해낸다.

뿐만 아니라 이리 되자 자연스럽게 놈의 품을 향해 달려드는 꼴이 되어버린 휘!

아차 싶었을 때는.

자연스럽게 올린 단목성원의 무릎이 턱 밑을 노리고 날아드는 중이었다.

재빨리 상체를 비틀어 무릎을 아슬아슬하게 피해낸 휘는 두 다리에 힘을 주어 앞으로 달려가려는 몸을 멈추곤 뒤틀린 상체의 자세 그대로 뒤로 몸을 뉘이며 강하게 혈룡검을 휘둘렀다.

쩌엉―!

고막을 찢는 굉음과 함께 손이 얼얼한 고통이 전해지고.

순간 거리를 벌리는 두 사람.

그야 말로 찰나.

몇 번 눈 깜빡할 사이에 터져 나온 공방은 치열하고 예리
했지만 누가 봐줄 사람이 없으니, 감탄하는 사람도 없다.

그저 서로 간에 경계심만 높아졌을 뿐.

'전력으로 간다!'

으득!

이를 악문 휘의 왼 주먹에 막대한 내공이 집중된다.

몰아치는 폭풍처럼 주먹을 중심으로 막대한 기의 파동이
일어나고.

투확!

심상치 않음을 느낀 단목성원의 몸이 순간 공간을 접듯
순식간에 휘에게 다가선다.

손을 내뻗으면 닿을 것 같은 그 순간.

스륵.

휘가 뒤로 한 발자국 물러섰다.

일순간 생기는 공간.

"이런…!"

깜짝 놀라며 물러서려는 단목성원을 향해 휘는 전력을
다해 왼 주먹을 휘둘렀다.

"혈룡파천권(血龍破天拳)!"

쿠아아악!

쩌적, 쩍!

콰르르릉!

단숨에 몰아치는 폭풍!

하늘을 무너트릴 것 같은 강대한 힘이 단숨에 사방을 휩쓸며, 휘 특유의 붉은 기운이 사방에 퍼져간다.

단숨에 사방 모든 것을 빨아들이며 파괴하는 어마 무시한 위력에 단목성원은 놀라면서도 침착하게. 그리고 빠르게 휘의 주먹이 있을 중심을 향해 일월검을 강하게 그었다.

스컥!

허공을 가르는 일월검.

날카로운 일직선을 그리는 일월검을 따라 단숨에 파훼되는 혈룡파천권!

하지만 휘 역시 그냥 있진 않았다.

웅, 웅, 웅!

어느 사이에 붉은 강기가 혈룡검을 뒤덮고.

"혈룡진천하(血龍震天下)!"

우르르릉!

세상이 뒤집힌다.

눈앞을 가득 채우는 붉은 강기의 폭풍에 단목성원은 진심으로 놀랐다.

실력이 대단하다는 것은 검을 나누는 동안 충분히 알 수 있었다.

그렇지만 이렇게까지 막대한 내공을 쏟아 붙는 무공을 연거푸 펼칠 것이라곤 예상치 못했다.

'놀라는 것보단 일단 이것부터 어떻게 해야 하겠군.'

놀란 것도 놀란 것이지만 그의 두 눈은 평상심을 잃지 않고 있었다.

냉정한 눈으로 상황을 지켜보고 있는 것이다.

지이잉!

파직, 파직!

일월검이 떨기 시작한 것도 바로 그때였다.

떨기 시작함과 동시 일월검 주변으로 몰리는 막대한 자색의 기운.

기운이 점점 더 선명해진다 싶은 순간.

"자현일검(紫玄一劍)."

쩌어어억!

콰르르릉!

나지막한 소리와 함께 하늘에서 땅을 향해 일직선으로 그어지는 자색의 선.

실처럼 얇던 선은 어느 사이에 손가락만큼 굵어졌고, 곧 주먹. 이어 어른 머리만큼 커진다.

그리고 굉음과 함께 모든 것을 빨아들였다.

어떠한 것도 남겨두지 않겠다는 듯.

콰직, 콰드득!

나무가 부러지고, 수천 년을 그 자리에 있었을 바위가 더 이상 버티지 못하고 뽑혀 나간다.

차마 무공으로 인해 벌어진 일이라고 생각지도 못할 그
순간.

두 사람의 신형은 이미 다른 곳에 있었다.

쩌저정! 쩍!

눈 깜짝 할 사이 수십 합을 주고받은 뒤 거리를 벌렸다
가, 다시 붙는다.

마치 짜고 움직이는 것 같은 모습이지만 한 번 떨어질 때
마다 두 사람의 의복이 너덜거리는 것이 눈에 보인다.

세 번째 충돌 했을 때는 더 이상 상의는 상의로서의 기능
을 하지 못했고, 용케도 하의는 제 모습을 하고 있었다.

주륵-.

근육으로 잘 다져진 몸을 따라 쉴 새 없이 흘러내리는 땀
방울.

쉬지 않고 살아 움직이는 근육만큼이나 두 사람의 움직
임은 점점 치열해지고 있었다.

"후욱, 후욱!"

"후…! 후!"

거칠게 몰아쉬는 숨.

폐부를 찔러오는 현상에 잠시 머리가 어지러울 정도지만
이를 악물며 참아낸다.

이 짧은 시간 동안 얼마나 힘을 끌어올린 것인지 휘 자신
도 제대로 알 수 없을 정도다.

다만 확실한 것은 광혈쌍마와 싸울 때조차 이 정도는 아니었다는 것.

다시 말해 단목성원의 실력이 광혈쌍마를 뛰어넘는다는 것이다. 그것도 광혈쌍마의 두 사람이 한 번에 덤벼도 되지 않을 정도로.

믿을 수 없지만 현실이 그러했다.

'제법 얻은 것이 많다고 생각했는데, 내 착각일 뿐이었어. 빌어먹을!'

으드득!

광혈쌍마와의 싸움 이후 제법 얻은 것이 많아서 상당히 만족했던 휘다.

목숨이 제법 위험했긴 했지만 그만큼 얻은 것도 많아서, 다시 광혈쌍마와 싸우라면 이전과 달리 쉽게 상대 할 수 있을 것이라 생각했다.

당장 암문에서 기거하고 있는 괴검과의 비무에서도 어렵지 않게 그를 상대 할 수 있었다.

자신의 실력에 대해 제법 자신감이 붙었었는데, 지금 그 자신감이 박살나버렸다.

"흐… 흐하하하! 역시 세상은 넓고 강자도 많다 하더니, 재미있군! 재미있어!"

숨을 가다듬은 단목성원이 크게 웃음을 터트린다.

단목성원은 지금 이 순간 진심으로 기뻐하고 있었다.

오랜 시간 힘들게 익혀온 무공이다. 그런 무공을 확실히 써먹을 상대가 눈앞에 있음이니 무인으로서 어찌 싫을 수가 있겠는가.

이런 싸움에 크게 목말라 있던 그로선 더더욱 반가울 수밖에.

"미친 새끼."

문뜩 보고 있던 휘의 욕설.

"고맙군. 예전엔 제법 미친놈이란 이야기도 제법 들었는데, 근래엔 그런 소리도 들을 수가 없었거든."

욕인데 욕으로 받아들이지 않는 단목성원.

실실 미소를 짓는 놈을 보며 휘는 진심으로 놈이 미쳤다고 생각했다.

'미치지 않고서야… 저런 힘을 손에 넣을 수 있을 리 없지. 나 역시 마찬가지인가?'

입맛이 쓰지만 어쨌거나 잠시간의 휴식을 통해 호흡도 제자리를 찾았고, 몸 전체를 강타하던 충격도 이젠 해소했다.

그것을 느낀 듯 단목성원이 일월검을 가볍게 휘두르며 한 발 앞으로 내딛는다.

"시작해볼까?"

놈의 웃음과 함께 두 사람의 싸움이 다시 시작된다.

멀리서 둘의 싸움을 지켜보던 일각주의 얼굴은 굳은 채 펴지지 않았다.

콰직!

바로 옆을 스쳐 지나가 두꺼운 나무를 박살내버리는 바위.

연신 그런 바위들이 날아들고 있음에도 그는 자리에서 움직이지 않는다.

간혹 자신을 향해 날아드는 것이 있으면 그나마 움직여서 피할 까.

'제대로 보고가 되지 않은 건가?'

싸움을 지켜보는 일각주가 처음으로 한 생각은 보고의 누락이었다. 그것도 매우 고의적인.

그렇지 않고서야 보고에 올라왔던 것과 비교 할 수 없을 정도로 강한 힘을 발휘하는 놈을 어찌 설명한단 말인가.

보고가 올라오는 짧은 시간 동안 발전했다고 생각 할 수도 없고.

'주군께서 잘 하시고 계시지만… 이 불안감은 뭐지?'

두근, 두근.

자신이 싸울 때조차 이 정도로 빠르게 뛰지 않는 심장이었는데, 지금은 마치 전력으로 뜀박질을 한 것 마냥 쉴 틈 없이 두근거리고 있었다.

'끝까지 지켜본다. 이 불안감이 현실이 된다면….'

일각주의 눈이 섬뜩하게 빛난다.

❖

"…그래?"

쉬지 않고 움직이던 손이 멈춰서고 작은 대답과 함께 미소 짓는 장양운.

일에 치이던 그를 웃게 만든 것은 귓가로 전해진 전음 때문이었다.

툭.

아예 붓을 옆에 내려놓는 장양운.

— 당가는 예측하신 것처럼 더 이상 버티지 못 할 것으로 판단되고, 정파의 지원 역시 각파에 숨어든 이들의 활약으로 늦어져서 결국 필요가 없어질 것 같습니다.

"놈이 죽든, 살든 이번 기회에 사천 무림을 정리 할 수 있다면 그것이 가장 좋은 일이겠지. 그래서 놈들의 싸움 현황은?"

— 아직 팽팽한 기 싸움을 벌이고 있습니다. 시간이 지나면 소교주께서 승기를 잡을 것이란 판단입니다.

"놈도 부족했나?"

피식 웃으며 자리에서 일어서는 장양운.

솔직히 말해서 이번 싸움을 통해 장양운이 얻을 이득은 있을 수도 있고, 아예 없을 수도 있었다.

"재미있군, 재미있어."

– 준비는 끝났습니다.

"마지막 순간까지 일단 내버려둬. 만약 쓸 일이 없어진다면 조용히 옮기면 될 일이니까."

– 존명.

단목성원은 자신의 수족을 멀리 내보내고, 곤륜에 묶어둔 채 감시를 배치한 것으로 자신에 대한 눈길을 뗐다.

그 순간을 장양운은 노리고 있었다.

아니, 애초 이렇게 될 것이라 예측하고 있었다.

자신의 자리를 굳히기 위해 안달이 난 상태이니 만큼, 빈틈이 생겨날 것이라 생각한 것이다.

'조금도 내 생각을 피하질 못하다니. 그러니… 나보다 십년이나 일찍 제자가 되고서도 확실한 자리를 차지 할 수 없었던 거지.'

모두가 단목성원을 높이 평가하고 있을 때 장양운은 반대로 그를 낮게 보고 있었다.

십년 이란 세월은 어마어마한 것이다.

그런 세월을 자신보다 먼저 사부의 제자가 되고서도 소교주의 자리는커녕 제대로 자리를 잡지 못했다는 것은, 그만큼 능력이 떨어진다는 반증으로 볼 수도 있는 것이다.

그렇게 생각하는 사람이 장양운 뿐이라는 것도 좀 그렇긴 하지만 딱히 틀린 말도 아니지 않은가.

'이유야 어쨌든 결국 내게 기회를 준 셈이니 나쁘진 않겠지. 움직일 생각도 없는데 주변에 날 감시할 인원을 배치했으니, 만약의 일이 터지더라도 의심을 피할 수 있을 것이고.'

씨익.

멋들어진 미소를 지으며 장양운은 다시 자리에 앉아, 서류를 처리하기 시작했다.

좋으나 싫으나 이젠 결과를 기다리는 일만 남은 것이다.

빠르고, 강하게!

오직 그것만이 전부인 듯 단목성원의 검은 눈을 현혹시키는 어떠한 허초도 존재치 않았다.

대신 그만큼 빠르고, 강력했다.

스컥!

날카롭게 찔러 들어온 일월검이 휘의 귀 옆을 스쳐지나가며 머리카락 몇 올을 벤다.

머리를 움직이지 않았다면 머리카락이 아니라, 목이 떨어져 나갔을 찌르기 공격.

귓가로 들리는 섬뜩한 소리에 뜨겁게 달아오른 몸이 식는다.

'극한으로 갈고 닦은 실전무공인가?'

단목성원이 익힌 무공의 이름이 무엇인지는 중요하지 않다. 중요한 것은 그의 무공이 실전무공으로 분류되는 것들 중에서도 최상급으로 분류 할 수 있다는 것.

베는 것보단 검 본연의 찌르기에 특화되어 엄청난 속도와 힘으로 사혈을 노리고 찔러 들어온다.

어찌나 빠르고 강한지, 피하거나 막는 것이 어려울 지경이다.

파바밧!

숨 돌릴 틈도 없이 연속으로 찔러 들어오는 일월검!

한 번에 목숨을 끊을 수 있는 사혈(死穴)을 정확하게 노리고 날아드는 검을 빠르게 몸을 움직이며 피해 낼 수 있는 것은 피해내고.

피할 수 없는 것은 혈룡검을 들어 쳐낸다.

쩌정! 쩡!

파르르!

근육이 떨려올 정도로 강렬한 충격이 내공으로도 해소되지 않고 여운이 남지만, 그것을 생각할 여유도 없었다.

다시 한 번 단목성원이 검을 회수하며 세 걸음 뒤로 물러섰다가, 달려 들려하고 있었으니까.

'기회!'

"혈룡군림보(血龍君臨步)!"

쩡! 쩡! 쩌적!

폭발적으로 일어난 기운이 휘의 두 다리를 감싸고 단숨에 물러선 단목성원과의 거리를 좁히며 힘으로 짓눌러온다.

발을 딛을 때마다 바닥이 부서지고, 파괴적인 기의 파편이 사방을 휩쓴다.

그 강렬함에 단목성원은 공격하려던 태세를 바꾸어 뒤로 급히 물러선다.

하지만 이 조차 휘가 노렸던 바이니.

부우우!

어느새 혈룡검에 가득 몰리는 내공.

선명하게 빛나는 붉은 강기가 두 눈을 홀린다 싶은 찰나.

"혈룡출세(血龍出世)!"

쿠오오오!

좌에서 우로 힘차게 휘둘러진 혈룡검.

거리가 먼 상태에서 휘둘렀기에 검 자체로는 단목성원을 어찌 할 수 없었지만.

혈룡검에서 뻗어 나온 선명한 혈룡은 달랐다.

당장에라도 단목성원을 잡아먹을 것처럼 강렬한 파동을 남기며 단숨에 달려든다.

짧다면 짧고.

길 다면 긴 거리에서 이루어진 공격.

타닷. 탓!

재빠르게 보법을 밟으며 회피 동작을 취해보지만 마치 살아있는 것 마냥 빠르게 방향을 바꾸며 뒤를 쫓는 혈룡을 보며 단목성원은 얼굴을 찡그렸다.

그렇지 않아도 자신의 공격이 제대로 먹히지 않아 짜증이 난 상태에서, 이런 공격을 당하자 짜증이 극에 달한 것이다.

고오오-!

단숨에 일월검에 막대한 내공이 들어가며 강기가 생성되고.

그 순간을 놓치지 않고 하늘에서 땅을 향해.

일직선으로 내리 그었다.

쯔어억!

쿠오오오!

두 개의 상충하는 힘이 만나며 단숨에 소멸되는 혈룡.

그리고 한 번 숨을 내뱉을 시간의 정적이 지나고.

콰르르릉!

콰쾅! 쾅!

두 힘이 부딪친 파동이 단숨에 드러나며 산 정산을 무너트리기 시작했다.

"저, 저건 대체!"

당가의 지척에 있는 산 정상에서 벌어지는 현상을 보며 당가기를 몸을 떤다.

제법 거리가 있음에도 생생하게 느껴지는 힘의 파동.

칠절독이라는 별호처럼 독을 잘 다루지만, 독에 비해 무공 실력이 조금 떨어지는 그로선 상상도 할 수 없는 싸움이 저곳에서 벌어지고 있었다.

그 사실을 자신뿐만 아니라 이곳에 모인 적아를 구분하지 않고 모든 무인들이 알고 있었다.

다른 점이 있다면, 당가 무인들이 저쪽에 연신 신경을 쓰는 것과 달리 일월신교 놈들은 신경도 쓰지 않고 달려든다는 것 뿐.

벌써 내원의 끝자락까지 밀고 들어온 놈들을 물린다는 것은 사실상 불가능한 일이다.

심지어 이제 와서 눈치 챈 것이지만 놈들은 전위와 후위를 바꿔가며 충분한 휴식까지 취하고 있었다.

수도 없이 죽어가는 세가의 문인들과 달리 큰 희생도 치르지 않은 채 말이다.

으득!

"독만 통했어도…!"

놈들에게서 눈을 때지 않은 채 이를 악무는 당가기.

대체 어디에서 구한 것인지 알 수 없지만, 당가의 독에 대항하기 위해 놈들은 해독단을 준비했다.

그것도 기가 막히게 잘 듣는 놈으로.

치밀하게 준비한 자신들의 독이 듣지 않을 정도로 말이다.

그렇다고 당장 눈앞의 적들을 해치우자고 더 강한 독을 쓸 수도 없었다.

지금 쓰고 있는 독도 세가 무인들이 버틸 수 있는 아슬아슬한 수치였다.

'더 강한 종류의 독이 있지만, 양이 충분하지 않다.'

슈슉!

그의 손을 떠난 우모침이 적의 목을 파고들고.

침 끝에 발린 극독이 단숨에 놈의 목숨을 빼앗는다.

털썩!

쓰러지는 것과 동시 중독 현상으로 몸이 보랏빛으로 물드는 시신.

"우모침을 사용해라! 바닥나도 상관없다!"

"옛!"

가주의 명령에 곳곳에서 아이 팔뚝만한 침통을 꺼내들더니, 적들을 향해 발사한다.

당가기가 손으로 던지던 우모침을 기구를 통해 발사하는 것이다.

우모침은 당가에서만 만들어 쓰는 것으로, 그 이름처럼 소의 털을 특수하게 가공하여 암기로 쓰는 것인데 그 끝에 발린 극독은 당가 안에서도 손에 꼽히는 절독을 사용한다.

워낙 만들기 어렵기에 당가에서도 어지간하면 사용하지 않으려 하는 것이지만, 상황이 이런데 아까울 게 뭐가 있겠는가.

이럴 때 쓰려고 모아둔 것이니 당가기의 명령이 떨어지기 무섭게 빠른 속도로 우모침을 쏘아댄다.

해독제가 통하지 않는 우모침의 극독으로 인해 일월신교 무인들이 전진해 오는 속도라 주춤거린다.

'당장은 통하지만 오래 가진 않아. 벌써 쳐내는 자들도 나오기 시작했고.'

당가기의 예리한 눈은 우모침을 쳐내는 자들을 놓치지 않았다.

분명 가공할 암기이긴 하지만 우모침이 가진 약점은 결코 작지 않다.

그 중 하나가 기구를 이용해 발사하는 우모침은 일정 거리이상을 날아가기 어렵고, 수준급 고수라면 충분히 피하거나 쳐 낼 수 있다는 것이다.

저들처럼 말이다.

기습적으로 사용한다면 몰라도 지금처럼 대놓고 쓸 때는 그 약점이 도드라진다.

'결국… 어쩔 수 없나?'

당가기로서도 방법이 아예 없는 것은 아니었다.

다만 그 방법이라는 것이 자칫 자멸을 할 수도 있다는 것이 문제지만, 이젠 방법을 따질 때가 아니었다.

"혁아."

"예, 가주님!"

당가기의 불음에 곁에 서 있던 사내가 고개를 숙인다.

당혁이란 이름을 가진 사내로 장로들 중 가장 끝자리였지만 당가기가 가장 믿을 수 있는 사내이기도 했다.

장로들 대부분이 전대 가주인 아버지와 함께 올라왔지만, 당혁은 자신이 직접 장로로 선정한 인물이기에 더욱 그러했다.

"가서… 가서 절혼독(絶魂毒)을 가져오너라. 몽땅."

"가, 가주님! 절혼독은…!"

깜짝 놀라며 물러서는 당혁을 향해 당가기는 굳은 얼굴로 다시 말했다.

"어차피 지금 상태라면 본가에 희망은 없다. 아니, 처음부터 없었던 것일 지도 모르지. 허면 최소한 우리 후대에게 부끄러운 모습을 보일 순 없지 않느냐. 게다가 후대가 다시 일어서는데 우리의 마지막 힘이 도움이 될 것이다."

"…준비하도록 하겠습니다."

팟!

가주의 절절한 말에 마음을 움직인 당혁이 빠르게 어디론가로 향한다.

절혼독은 당가 최고의 독으로 가주와 몇몇 사람을 제외하면 만지는 것조차 금지되어 있는 절독이었다.

막강한 위력을 발휘하지만 반대로 그 살상력이 너무나 뛰어나 주변에 크게 영향을 끼친다.

절혼독을 한 번 사용한 곳은 최소 3년은 사람이 살지 못할 정도라고 하니 그 지독함을 어찌 말로 다 할 수 있겠는가.

'놈들의 전력을 조금이나마 이곳에서 끊어낸다면, 무림에 본가의 이름이 작게나마 남겠지. 남겨진 이름을 적절히 이용한다면 세가가 다시 일어서는데 큰 도움이 될 것이다.'

당가였다.

오대세가의 한 축인 당가.

당가가 그냥 무너지는 것과 어떻게든 적을 끌어않은 채 무너지는 것은 엄청난 차이가 있었다.

그 차이를 이용해 당가기는 후대가 다시 세울 세가에 도움이 되려 하는 것이다.

절혼독의 사용 결과가 자멸이라 하더라도.

우모침이 결국 떨어진 것인지 다시 비명소리가 당가에 가득 울리기 시작한다.

기관은 이미 박살 나버린 지 오래고, 그나마 진법을 적절히 이용하며 버티고 있지만 그것도 오래가진 않을 듯싶다.

가진 독을 모조리 쓸데까지도 당혁은 나타나지 않았다.

"크악!"

"아아악!"

사방에서 밀려드는 비명소리들.

으득!

이를 갈며 기다린 그 순간.

"가주님!"

마침내 당혁이 커다란 항아리를 어깨에 짊어진 채 달려
왔다.

"왔구나!"

그토록 기다리던 절혼독이었다.

"해독단은?"

"가지고 왔습니다."

쿵!

자리에 내려놓으며 재빨리 품에서 어른 주먹만 한 자루
를 꺼내는 당혁.

절혼독의 유일한 해약으로 이것만 있다면 최소한 몇은
마지막까지 버티다 도망칠 수 있을 것이다.

당가의 자존심과 여러 가지를 생각한다면 이전엔 생각
할 수도 없는 일이지만, 지금 같은 상황에서 자존심이 뭐가
중요하겠는가.

어떻게든 후대에 도움이 될 무언가를 하나라도 더 남기
는 것이 이득이었다.

"남은 아이들 중에 실력과 가능성을 보고 해독단 갯수의 반을 지급하고, 남은 반은… 훗날 이곳에 남은 것들을 가지러 올 아이들을 위해 남겨놓게. 절혼독은 오래 유지가 되는 독이니."

"알겠습니다. 그럼 다 버리면 되겠군요."

"뭣?"

갑작스런 당혁의 말에 깜짝 놀란 당가기가 뒤 돌아섰을 때.

콰직!

푸화확!

당혁이 웃으며 절혼독이 가득 든 항아리를 깨버린다.

순식간에 녹색의 독무가 사방으로 퍼져나가고.

"이게 무슨 짓이냐!"

"하… 드디어 이 짓도 끝이네."

으지직.

놀라는 당가기와 달리 당혁은 웃으며 손에 든 해독단을 으스러트리더니 깨져버린 항아리 안쪽에 던져버린다.

해독단이 무용지물로 변해버린 것이다.

"아. 완전히 다 버린 건 아냐. 난 살아야지."

데굴.

웃으며 입을 벌린 당혁의 혀 위엔 해독단이 조금씩 녹는 것이 선명하게 보인다.

"임무를 받고 당가에 파고 든 것이 벌써 몇 십 년 인가."

"너, 너!"

"당혁? 그게 누군데? 아… 요만할 때 나한테 죽은 그놈 이름이었던가?"

손바닥을 자신의 허벅지쯤에서 놀리는 그.

이 말은 즉.

당혁으로 불리었던 그는 본래 당혁이 아니었고, 진짜 당혁은 어린 시절 죽었다는 것이다. 그리고 바꿔치기 당했고.

"그래도 꼴에 가주라고 절혼독에도 제법 버티네? 하하하!"

"네노오옴!"

"끄아아악!"

"컥, 컥!"

"사, 살…"

털썩, 털썩!

절혼독에 노출 되자 순식간에 쓰러지는 당가 무인들.

그리고 어느 사이에.

일월신교 무인들이 멀찍이 뒤로 물러서 있었다.

그의 등장과 함께 말이다.

"네놈이, 네놈이 어떻게…!"

털썩!

믿을 수 없다는 얼굴로 당혁을 바라보며 결국 무릎을

끓는 당가기.

당가에서 누구보다 독에 유능했던 만큼 어떻게든 버텨보려 하고 있었지만 그 끝이 다가오고 있었다.

절혼독은 그런 독이니까.

일그러진 얼굴의 당가기를 보며 그가 다가왔다.

"내 이름은 당혁이 아냐. 아웅비. 그게… 내 진짜 이름이지."

"크헉!"

"잘 가라고. 그래도 꽤 재미있었으니까."

콰직!

웃는 얼굴로 발을 들어 당가기의 머리를 짓뭉개려 하던 당혁, 아니 아웅비가 돌연 비명과 함께 발을 붙든다.

"악!"

주륵.

어느 사이 아이 손가락만한 비도가 그의 발등에 박혀 있었다.

당가기가 쓰러지며 마지막 순간 놈에게 한방 먹인 것이다.

"이, 이 새끼가!"

갑작스런 고통이라 비명을 지르긴 했지만 큰 상처는 아니었던 탓에 붉어진 얼굴로 단숨에 비도를 뽑아 던져버리곤 당가기를 걷어차기 시작하는 놈.

퍽퍽! 퍽!

"죽을 새끼가! 그냥 죽지! 어디서 감히!"

"큭, 큭큭!"

"웃어? 웃어 새꺄!"

"그래, 웃는다. 개새끼야."

털썩.

웃음과 함께 몸을 뒤집는 당가기.

어찌나 세게 얻어맞은 것인지 그 짧은 사이 그는 엉망이
되어 있었다.

그보다 절혼독에 중독되고서도 이제까지 견디는 것 자체
가 대단한 것이었지만, 아쉽게도 그것을 알아줄 당가 무인
은 이제 더 이상 존재하지 않는다.

그 절혼독에 중독되어 쓰러진 것이다.

"너 같은 개새끼가… 쿨럭! 멀쩡히 살아있는 것을 위에
서 보고 있을 순 없지. 큭큭큭!"

"뭐라는 거야, 미친 새끼가?"

부스럭.

하찮다는 얼굴을 하며 품에서 기름종이에 곱게 싸진 환
단을 꺼내드는 아웅비.

"이게 뭔지 알아? 일월신교의 대단한 분들이 모여서 만
든 만능 해독단이란 거다. 저 비도에 네놈이 무슨 짓을 해
놨든 아무런 문제가… 억!"

말을 하다 말고 정신을 차릴 수 없을 정도의 어지러움에 아옹비는 바닥에 털썩 하고 쓰러졌다.

부들부들.

"이… 건…!"

파래진 얼굴로 당가기를 보는 놈.

그 시선에 당가기는 비릿하게 웃었다.

"절혼독을 우습게 보지마라. 해독단이 있더라도… 상처를 통해선 중독되니까. 큭큭…!"

"너…!"

툭.

뭐가 말을 하려던 아옹비의 고개가 떨어진다.

배신자의 비참한 말로였다.

'아니 배신자라고 하기도 힘든가?'

"큭큭큭! 빌어먹을… 나도 이제 끝인가. 그래도….''

당가기의 시선이 이젠 서서히 멀어지고 있는 저 엄청난 싸움의 현장으로 향한다.

"저 개새끼들한테 일방적으로 당… 하진… 않….''

툭.

당가기의 눈이 감기고, 고개가 돌아간다.

더 이상 움직이지 않는 심장.

칠절독이라 불리며 당가를 이끌던 당가기의 최후였다.

精在歸還

69 章

투확!

묵직한 파공음과 함께 휘의 어깨를 스쳐 지나가는 단목 성원의 검.

그 묵직함을 견디며 휘는 재빨리 놈의 품으로 파고들었다.

스슥.

다른 동작을 취해 공격하기엔 놈의 대응이 너무 빨랐기에 휘는 대응 할 여유도 주지 않기 위해 곧장 어깨에 힘을 주어 놈의 가슴을 들이 받았다.

텅!

"큭!"

짧은 신음과 함께 뒤로 한 발 물러서는 단목성원.

그 틈을 놓치지 않고 짧은 거리에서 검을 휘두르는 휘!

쩌엉!

단목성원이라 해서 그냥 있진 않았다.

재빨리 회수한 일월검을 세워 혈룡검을 막아낸 것이다. 뿐만 아니라 오히려 그 힘의 반동을 이용해 옆으로 날아가는 동시 다리를 휘둘러 휘의 얼굴을 노렸다.

치익!

가까스로 휘의 뺨을 스쳐 지나가는 단목성원의 발.

화끈거리는 고통이 잠시 일어났다가 사라지지만, 휘는 크게 개의치 않았다.

이정도 고통에 일일이 반응하였다면 벌써 바닥에 누웠을 테니까.

쩌정! 쩡-!

카카칵!

멈추지 않는 두 사람의 치열한 공방.

사방에 휘날리는 강기의 파편으로 인해 산 정산의 지형이 바뀌기 시작했다. 아니, 싸움의 반동으로 두 사람의 싸움은 점차 당가에서 멀어지고 있었는데 움직이는 곳마다 본래의 모습을 찾아보기 어려울 정도로 망가지고 있었다.

박살.

그 두 글자가 딱 어울릴 정도로.

쩌저적!

콰직! 우드득!

쿵-!

사방에서 귀를 어지럽히는 소리들이 들려오지만 둘은 서로에게 집중하느라 그것을 듣지 못하고 있었다.

주변에 신경을 쓰는 것보다 상대의 동작.

숨 쉬는 것 하나에 더 신경을 쓰는 것이 옳았으니까.

그런 두 사람을 멀지 않은 곳에서 조용히 따라가고 있는 일각주의 얼굴은 일그러지다 못해 복잡함 그 자체였다.

'무슨 이런!'

휙!

날아드는 나무 파편을 재빨리 피하면서도 일각주의 시선은 두 사람에게서 떨어지지 않는다.

제법 거리가 있음에도 불구하고 싸움의 영향력이 미치고 있었다.

일월신교 안에서도 손에 꼽히는 실력자라 할 수 있는 일각주이지만 단언 할 수 있었다.

이런 싸움은 처음 본다고.

'아니, 당연한 이야기인가. 같은 편을 상대로 진심으로 싸울 수는 없으니.'

수준 이상에 오른 고수끼리의 싸움에서 목숨이 오가는 일은 드물다. 특히, 같은 편이라면.

아무리 서로가 마음에 들지 않는다 하더라도 목숨을 취하는 일이 드문 이유는 하나. 그 목숨 하나가 전력의 약화로 이어 질 수 있기 때문이다.

게다가 일월신교가 세상에 나가기 위한 마지막 준비를 시작한 시점에서 괜한 싸움으로 영광스런 대업에 참여하지 못하는 일이 생기지 않도록 조심하기도 했고.

여러 이유들로 인해 초고수들의 진심어린 일전은 벌어지지 않기 마련.

그렇기에 일각주는 진심으로 놀라고 있었다.

초고수의 싸움이란 이런 것이구나 하며.

'팽팽한 싸움처럼 보이지만 주군께선 아직 여유를 가지고 계시다. 괜한 걱정이었나?'

쩌억!

코앞으로 날아드는 피하기 어려운 나무를 단숨에 갈라내는 일각주.

'단순히 보이는 실력만 놓고 본다면… 나와 비슷한가.'

그의 시선이 장양휘를 향한다.

일단 드러난 실력만 본다면 당장 자신과 크게 다를 것이 없어 보이긴 한다.

하지만 어딘지 모를 묘한 분위기가 있는 것도 사실이다.

확실하진 않지만….

'놈 역시 아직도 여유가 있는 건가? 그렇다면 나보다

좀 더 윗줄의 실력이라고 생각해야 하는 건가?'

거기까지 생각이 미치자 절로 찌푸려지는 얼굴.

그렇다고 현실을 외면하진 않았다.

다만 조금 놀랐을 뿐.

'중원에 실력자가 없다고 들었는데, 저런 실력자가 있었
던가. 하긴 저 정도가 되니 본교의 일을 방해하고 다닌 것
이겠지만. 중원에 또 다른 강자가 있다면 좋겠군.'

솔직한 그의 마음이었다.

중원에 강자가 많다면 교의 일에는 방해가 되겠지만, 무
인으로서 자신은 충분히 즐길 수 있을 것이다.

중원을 손에 넣는 것도 중요한 일이지만, 무인으로서 제
대로 된 싸움을 즐기는 것도 중요하다고 생각했다.

그런 싸움이야 말로 자신을 발전시킬 수 있는 중요한 토
양이 된다는 것을 일각주 마창 백일한은 아주 잘 알고 있었
다.

쩡!

검이 부딪치는 순간 뒤로 물러선 휘는 재빨리 왼 주먹에
내공을 집결시켰다.

짧은 시간에 막대한 내공이 그의 주먹에 모이고.

"혈룡파천권(血龍破天拳)!"

쿠오오오!

강렬한 기의 소용돌이와 함께 날아가는 선명한 붉은 혈룡!

권강이 유형화 되어 나타나는 혈룡을 보며 단목성원은 즉시 일월검에 내공을 불어 넣으며 강하고 빠르게.

그리고 날카롭게 날아드는 혈룡을 베어낸다.

쯔커억!

콰콰쾅—!

콰앙!

그의 양옆으로 날아가는 혈룡.

찰나의 순간.

휘가 혈룡의 뒤에 숨어 달려들었다.

허공에 살짝 떠오른 그의 두 다리에 선명할 정도로 몰려든 붉은 강기!

"혈룡군림보(血龍君臨步)!"

쩌정! 쩡!

콰지직!

다리가 휘둘러질 때마다 폭발하는 강기!

발을 중심으로 족히 일장은 강기의 폭발에 휘말리며 박살이 나버린다.

쾅! 쾅! 쾅!

굉음과 함께 다가서는 휘의 발을 향해 단목성원은 날카롭고 빠르게 일월검을 휘두른다.

쩡!

발과 검이 만났다곤 생각되지 않는 굉음과 함께 뒤로 튕겨나는 두 사람.

허공에 떠있던 탓에 뒤로 물러서긴 했지만 큰 충격이 없는 휘와 달리 단목성원은 몸 전체로 충격을 받아내야 했다.

금세 일어선 내공이 상쇄하긴 했지만 좋은 기분은 아니었다.

'시간이 갈수록 강해지고 있는 건가? 터무니없는 괴물이로군.'

휘와의 싸움이 길어지면서 단목성원의 얼굴에서 미소가 사라졌다. 아니, 돌덩어리처럼 굳어져 있었다.

당연한 일이었다.

분명 처음엔 충분히 즐길 수 있는 상대라 생각했었다.

제법 대단한 실력을 가지곤 있지만 객관적으로 생각하더라도 자신의 아래.

그랬었는데.

이 싸움 통에 놈은 빠른 속도로 강해지고 있었다.

그것이 느껴질 정도로 말이다.

속으로 크게 놀라는 것과 달리 단목성원의 손에 쥐어진 일월검은 다채로운 변화를 일으키며 휘를 압박하기 시작했다.

처음 단조롭지만 빠르고, 강렬하던 공격에서 벗어나 변화를 주기 시작한 것이다.

놀라운 것은 변화를 주면서도 그 속도와 힘은 조금도 변함이 없다는 것이었다.

쩌정! 쩡-!

치이익!

단숨에 여러 번의 검을 주고받은 휘가 속절없이 물러선다.

힘에서도 밀렸지만 단목성원의 변화 가득한 공격에 자신의 호흡을 잃어버린 탓이 컸다.

연신 뒤로 물러서며 일월검을 받아내는 휘.

정신없이 그의 팔이 움직이고, 쉴 틈도 없이 두 발이 보법을 밟으며 현란하게 움직인다.

어떻게든 승기를 잡기 위해 움직여보지만 단목성원은 더 이상 기회를 주지 않겠다는 듯 강하게 밀어붙인다.

"큭!"

신음과 함께 결국 뒤로 크게 물러서는 휘.

"어림없다!"

놓치지 않겠다는 듯 눈 깜짝할 사이 따라붙는 단목성원.

파바밧!

거리를 벌리고 호흡을 가다듬기 위해서라도 놈의 접근을 막아야 하기에, 휘는 놈을 향해 무작위로 검강을 날린다.

일순 기의 소모가 급격해졌지만, 무한한 샘이라도 되는

듯 단전에서 솟아오른 기운이 순식간에 몸을 가득 채운다.

다른 것은 몰라도 내공에 있어선 단목성원을 압도하고 있는 휘였다.

쩌정!

쩡!

"쯧!"

혀를 차며 뒤로 물러서는 단목성원.

하고자 한다면 충분히 날아드는 강기를 피하거나 쳐내고 파고들겠지만, 그 짧은 틈이면 놈은 더 많은 거리를 벌릴 것이기에 단목성원은 포기 할 수밖에 없었다.

더불어 그도 이번을 기회로 호흡을 가다듬었다.

겉으로 최대한 표시하진 않았지만 그 역시 호흡이 엉키기 직전이었던 것이다.

"후우, 후우."

낮게 숨을 내쉬는 두 사람 사이에 팽팽한 기운이 감돈다.

비록 몸은 멈추었지만 두 사람의 몸에서 흘러나온 기운들이 싸우는 것까지 멈춘 것은 아니었다.

콰지직! 쾅—!

연신 충돌하며 주변의 것들을 박살낸다.

초고수들 간의 기 싸움이 팽팽하다곤 하지만 지금의 둘을 보면 그마저도 의미 없어 보인다.

어딜 봐서 이것이 인간의 싸움으로 보인단 말인가.

이미 당가와의 거리는 가깝다고 하기 어려울 정도로 멀어져 버렸고, 그곳에서부터 이어진 싸움의 흔적은 여기까지 이어진다.

처참할 정도로 박살난 흔적이.

꾸욱.

혈룡검을 잡은 손을 풀었다가, 다시 쥔다.

손바닥으로 시원한 바람이 들어가자 그제야 손이 좀 편안해진다.

'어려워. 어려운 상대야.'

싸우면 싸울수록.

휘는 단목성원이 어려운 상대라는 것을 뼈저리게 느낄 수 있었다.

분명 이번 싸움을 통해 자신도 강해지고 있다는 것을 느꼈지만, 상대는 그보다 한 발 앞에 있었다.

그야 말로 괴물.

괴물은 지금 이 순간에도 조금씩 발전하고 있었다.

자신이 따라 잡을 수 없는 곳을 향해서 말이다.

'이대로 포기해야 하나?'

순간 머릿속을 스쳐 지나가는 생각.

도망친다는 것이 나쁘다는 것은 아니다. 자신이 상대 할 수 없는 상대를 만났다면 당연히 살기 위해 몸을 빼야 하니까.

하지만 살면서 단 한 번도 그랬던 적이 없던 휘다.

그렇기에 아주 찰나, 찰나의 고민을 했지만.

'그럴 수도 없나.'

자신이 아니면 놈을 막아낼 사람이 없었다. 게다가 이렇게 일대일로 싸울 수 있는 기회가 얼마나 있을 것인지 알수도 없었고.

이런 자가 왜 전생에서 욕심을 부리다가 주화입마로 죽었던 것인지 알 수가 없었다.

하필이면 죽지 않고 자신의 앞에 나타난 것도 문제지만.

놈의 능력과 힘을 생각하면 이런 좋은 기회는 다시 오지않을 것이란 것이 휘의 생각이었다.

아니, 누가 생각하더라도 그럴 것이다.

일월신교의 소교주에 앉은 그가 단독 행동에 나설 확률은 거의 없는 것이나 마찬가지니까.

으득!

'결국 어떻게든 이 자리에서 해결하는 것만이 최선이란소리네.'

이를 악문 휘의 전신에서 막대한 기운이 피어오른다.

지금까지도 어마어마한 기세를 뿜어내었던 그지만 이번엔 달랐다.

농밀하게 정제된 기운이 그의 전신에 흐르고 있었다.

그것을 본 단목성원의 몸에서도 휘의 것과 비슷한 기운
이 흘러내리기 시작한다.

숨이 턱턱 막혀오는 기 싸움.

휘말리는 것만으로 어지간한 자는 쓰러져버릴 기 싸움
속에서 두 사람은 천천히.

아주 천천히 준비하기 시작했다.

진짜 싸움은 지금부터인 것이다.

밤이 깊은 막사 안의 어둠을 밝히는 것은 작은 바람에도
흔들리는 작은 등불 하나.

모두가 잠들고 막사의 주인 장양운도 잠이 든 그 깊은 시
간.

조용히 잠들어 있던 장양운이 돌연 두 눈을 뜨며 자리에
서 일어났다.

그리곤 아무런 문제도 없다는 듯 익숙한 손길로 옆에 준
비되어 있는 물을 시원하게 마시곤 침상에 걸터앉는다.

"…다시 말해봐."

약간은 갈라진 목소리로 말하자 그의 잠을 깨운 전음이
다시 날아든다.

― 싸움이 점차 길어지고 있습니다. 당가를 도우러 온 무

인들이 당가 인근으로 집결을 시작했습니다. 제법 거리가 멀어졌다곤 하나 곧 둘의 싸움이 알려지는 것도 시간문제로 보입니다.

"좋지 않군."

ㅡ 준비한 것도 사람들이 모이면 쓸 수 없게 됩니다. 괜한 의심을 사느니 아예 철수하거나 지금 사용하는 것이 나을 것으로 사료됩니다.

"확실히 그렇지. 놈들의 주변으로 접근하는 무인은 아직 없겠지?"

ㅡ 인적이 드문 산속으로 들어가 싸움을 이어가고 있습니다. 지반이 약한 곳이라 최적의 장소로 판단됩니다.

"흠⋯."

턱을 쓰다듬는 장양운의 눈이 반짝인다.

얼굴 가득하던 피로감은 완전히 사라진 듯 얼굴.

조르륵.

잔에 물을 채워 단숨에 마시고 나서야 목 안의 갈등이 사라진다.

"방해물은?"

ㅡ 일각주가 인근에 있는 것으로 파악됩니다. 최악의 경우 그가 나설 수도 있습니다.

"제일 좋은 건 놈까지 단숨에 날려버리는 것일 테지?"

ㅡ 그렇습니다.

수하의 보고에 재미있겠다는 듯 자리에서 일어나 좁은 막사 안을 오가는 장양운.

고민은 길었지만 어차피 그가 내려야 하는 답은 둘 중 하나였다.

이대로 포기하던지, 이대로 시도하던지.

어느 쪽이든.

자신에게 피해가 되는 것은 없을 테다.

오히려 시도 하는 쪽이 어떻게든 이득일 것이고. 그리고 실패하면 약간의 의심을 사긴 하겠지만 그 정도는 어떻게든 무마 할 수 있었다.

딱히 증거도 없지 않은가.

그야 말로 하지 않을 이유가 단 하나도 없었다.

"…실행해."

– 존명.

명령이 떨어지기 무섭게 그가 사라진다.

이제 진짜 홀로 남게 된 장양운은 여전히 막사 안을 걸어 다니다 천천히 밖으로 나섰다.

경계를 서고 있던 수하들 몇이 놀라며 고개를 숙인다.

가볍게 고개를 끄덕이고선 곤륜의 정상으로 향하는 장양운. 그러면서 일부러 사람들의 시선을 받을 수 있는 곳으로만 움직인다.

만에 하나란 가능성마저 없애려는 것이다.

정상에 이르자 밤이 깊었음에도 공사가 한창인 곤륜의 모습이 한 눈에 보인다.

본래 곤륜파가 있었을 그곳엔 이젠 일월신교의 건물들이 빠르게 들어서고 있었다.

중원을 향할 교두보가 될 만큼 웅장하게 지어지고 있는 이곳.

차후 중원의 지부 중 하나가 될 것이 확실하기에 이런저런 시설들이 많이도 들어간다.

본래 곤륜의 건물들은 최대한 살려서 쓸 생각이었지만, 이리저리 계산을 하니 없애는 것이 더 낫겠단 판단아래 이젠 곤륜파의 건물이라곤 하나도 남질 않았다.

그나마 남은 것이라곤 연무장 정도일까.

'놈이 이렇게 강할 것이라곤 예상치 못했지만, 아무래도 상관없지. 내 생각보다 훨씬 더 잘 해주고 있음이니.'

휘의 얼굴을 떠올리며 장양운은 웃었다.

사실 그도 이렇게까지 싸움이 길어질 것이라곤 생각지도 못했다.

아니, 누구도 예상하지 못했을 것이다.

당장 단목성원만 하더라도 당가를 정리한 이후 곧장 청성과 아미를 치려고 하지 않았던가.

정작 본인이 돌아오지 않고 있었기에 계획을 철수하고 당가로만 만족해야 했지만.

'이번 기회에 둘 다 정리가 되는 것이 가장 좋은 일이지만, 누구든 한쪽만 사라져도 나쁠 것은 없지.'

장양운의 입장에선 어느 쪽도 나쁠 것이 없다. 오히려 이득이면 이득이지.

그렇기에 그의 입가엔 은은한 미소가 걸린다.

"바람이 시원하니, 기분이 좋군."

선선한 바람을 맞으며 호쾌하게 웃고 싶은 것을 억지로 참는다.

하지만 두 눈이 반원을 그리는 것까진 막을 순 없었다.

❖

쩌정! 쩡!

파지직!

기와 기가 충돌하며 온 사방에 막대한 피해를 입히지만 정작 장양휘와 단목성원은 거기에 신경을 쓸 틈이 없었다.

날아드는 서로의 검을 쳐내고, 막아내고, 피해내고, 공격하는데 집중할 뿐이다.

눈 감았다 뜰 여유도 주어지지 않는 치열한 공방 속에서 조금씩, 조금씩 밀리기 시작한 것은 휘였다.

지금까지 버텨온 것이 신기할 정도로 처음엔 그 실력 차이가 확실했었지만, 이젠 종이 한 장 정도 차까지 줄였다.

'괴물 같은 놈!'

으득!

이를 악문 단목성원의 얼굴엔 조금의 여유도 보이질 않는다.

단목성원에게 실수가 있었다면 처음 휘를 만났을 때, 바로 처치하지 못한 것이다.

약간의 재미를 위해, 자신이 즐기기 위해 느긋하게 움직였던 것이 결국 괴물을 만들어내고야 만 것이다.

이제와 자신이 할 수 있는 모든 것을 쏟아내고 있지만 그 차이가 그리 크지 않았다.

물론 이대로 간다면 승리는 자신의 것이란 것을 알지만 지금의 상황을 받아들이는 것 자체가 단목성원에겐 자존심에 큰 상처를 입는 것.

그렇다고 현실을 외면할 정도로 그는 멍청이가 아니었다.

후회는 나중에 할지라도 당장은 눈앞의 적을 죽이는 것이 먼저였다.

'그런데 왜 어디서 본 것 같은 얼굴이지?'

처음엔 몰랐지만 시간이 흐르면서 단목성원은 이상한 점을 알 수 있었다.

놈의 얼굴이 어디선가 본 것 같다는 것.

조금 다르긴 하지만 분명 자신이 본 얼굴이었다.

처음엔 얼굴을 가리는 특이한 옷차림 때문에 알지 못했지만 치열한 싸움이 이어지며 옷차림의 반이 날아간 지금 드러난 놈의 얼굴은 분명 자신이 아는 것이었다.

바로 떠오르지 않는 것은 다른 생각을 할 수 없을 정도로 치열한 싸움 때문.

심지어 잠시 다른 생각을 한 지금.

스컥!

자신의 검을 뚫고 놈의 검이 머리를 노리고 찔러 들어오지 않는가.

다급히 몸을 꺾어 피해낸 단목성원은 다시 놈에게 집중하기 시작했다.

우선 놈을 죽이는 것이 먼저였다.

답답한 것은 휘 역시 마찬가지였다.

자신이 할 수 있는 전력을 발휘하고 있음에도 불구하고 눈앞의 상대를 어떻게 할 방법이 없었다.

두 마리의 혈룡을 마음 것 풀어내고서도, 단전에서 끊임없이 솟아오르는 내공을 어마어마하게 풀어내고서도.

휘는 단 한 번도 우위를 점 할 수 없었다.

이 짧은 시간 자신도 이해 할 수 없을 정도로 강해졌다는 것을 알 수 있었음에도 불구하고, 놈에겐 닿질 않는다.

아니, 정확하겐 하나의 방법이 남아 있긴 했다.

혈마공을 익히기 전 강대한 힘을 억지로 끌어 썼을 때.

온 몸에 새겨지던 기하학적인 문신들.

당시엔 자신의 몸 한계를 견뎌내기 위한 일종의 주술적 제어라고 생각했으나, 혈마공을 익히며 단순히 그것만이 아니라는 것을 알 수 있었다.

분명 몸 위에 떠오르는 문신들은 몸의 최대 한계치를 말해주는 증거이기도 했지만, 혈마공의 폭주를 막아주는 일종의 제어장치이자 반대로 말하면 현재 자신이 가진 힘의 한계를 벗어난 힘을 손에 쥘 수 있는 장치이기도 했다.

그 대가로 최악의 경우 목숨을 잃을 수도 있지만.

운이 좋다 하더라도 주화입마일 것이다.

앞으로 해야 할 일이 산더미와 같은 상황에서 이런 도박에 목숨을 걸 정도로 휘는 바보가 아니었다.

그럼에도 눈앞의 단목성원을 상대하며 그것을 떠올리는 이유는 하나.

일월신교주란 괴물 중의 괴물이 모습을 드러내지도 않았는데, 자신의 눈앞에 또 다른 괴물이 꿈틀대고 있기 때문이다.

중원 무인들로서 놈을 감당 할 수 없을 것이란 확신과 함께.

으득!

'하는데 까진. 한다!'

최후의 수단은 최후의 수단일 뿐.

지금은 그저 자신이 할 수 있는 최선을 다하는 것 이외엔 다른 방법은 없다.

그 사실을 누구보다 휘는 잘 알고 있었다.

"서둘러라."

쿠쿵! 쿵!

산 정상에서 들려오는 괴음을 뒤로 하고 어둠에 동화된 수십의 인원이 빠른 속도로 움직이며 등에 짊어진 것들을 곳곳에 내려놓는다.

그러면 또 다른 인원들이 달라붙어 그것들을 가느다란 선으로 잇기 시작했다.

그렇게 하길 한참.

"끝났습니다."

"좋아. 철수한다."

대장으로 보이는 자의 말에 일제히 고개를 숙이며 뒤로 몸을 빼려던 그들의 앞에.

한 사람이 모습을 드러내며 물었다.

"뭘 철수한다는 거지?"

일각주 마창 백일한이었다.

휘와 단목성원의 싸움을 쫓아 이곳까지 온 그가 나타난 것이다.

저 위의 두 사람은 서로에게 집중하느라 아직 눈치 채지 못한 모양이지만, 그나마 여유를 가지고 있던 일각주가 놈들의 기척을 우연치 않게 잡아낸 것이다.

문제는 알아차리는 것이 제법 늦어 놈들의 준비가 끝난 뒤라는 것이 아쉽지만.

채챙! 챙!

일각주의 등장과 함께 빠르게 각자의 무기를 뽑아드는 놈들.

어둠에 동화된 놈들의 일사분란한 동작에 일각주의 눈에서 서늘한 살기가 흐르는 그 순간.

대장으로 보이는 자가 외쳤다.

"쳐라."

파바밧! 팍!

단호한 한 마디와 함께 일제히 달려드는 놈들.

그들을 보며 일각주의 얼굴이 일그러지고.

"어딜 도망가는 것이냐!"

일각주의 시선이 몸을 피하고 있는 놈들의 대장이 눈에 들어온다.

수하들을 미끼로 두고 놀랍게도 놈은 도망치고 있었다.

더 놀라운 것은 그것이 당연하다는 듯 달려드는 수하들이었지만.

푸화확!

단숨에 자신의 창을 휘둘러 놈들을 죽이며.

일각주가 움직이기 시작했다.

"내 앞을 막을 순 없다!"

그 외침처럼 일각주에게 달려들었던 자들은 잠시도 그의 발걸음을 붙들 수 없었고.

겨우 숨을 몇 번 내쉬는 사이 단숨에 길을 뚫고 도망치는 놈에게 접근했다.

주변의 다른 자들을 완전히 무시한 결과였다.

"큭!"

일각주에게 따라잡힌 것을 파악하자마자 놈은 재빨리 품에서 화섭자를 꺼내 들더니, 손에 쥐고 있던 얇은 선의 끝에 불을 붙인다.

그 순간.

파지직.

파파파!

불꽃과 함께 빠른 속도로 선을 따라 움직이는 불빛.

그것을 본 순간.

"빌어먹을!"

푸확!

단숨에 창을 날려 놈의 머리를 박살낸 일각주의 신형이 빠르게 산 정상을 향해 달린다.

'불안감의 정체가 이것이었나! 장양운! 네놈이 감히…!'

그 짧은 순간 일각주는 모든 것을 알 수 있었다.

놈들이 무슨 짓을 꾸민 것인지, 이 일을 꾸민 사람이 누구인 것인지.

자신의 생각대로 장양운이 이번 일을 꾸민 것이라면 적당한 정도로 끝나지 않을 것이 분명했다.

"빌어먹을 진천뢰!"

보통의 폭탄으론 이 넓은 산을 단숨에 날리지 못할 것이 분명하다.

그러면 답이 나온다.

진천뢰(震天雷).

일월신교 내에서도 사용이 금지된.

사상 최악의 폭탄.

단 하나만으로도 작은 산 정도는 무너트릴 위력을 보이며, 다루는 것이 여간 까다롭지 않은 물건.

더 이상 만들어 낼 수도 없는 그것이 일월신교에 정확히 스물 네 개가 존재하고 있었다.

워낙 오래되어 그것의 존재에 대해 알고 있는 사람이 손에 꼽을 정도지만 일각주는 그 소수의 사람 중 하나였다.

만약 그것을 전부 동원했다면.

누구도 이곳에서 살아 돌아가지 못하리라.

그 누구도.

더 최악인 것은 만약 그것의 존재에 대해 알고 있는 사람이 모두 장양운에게 붙었다면 이번 일은 누구도 알지 못하는 미제로 남을 가능성이 높았다.

자연스럽게 소교주란 자리는.

장양운에게 가게 될 것이고.

"그렇게 두진 않는다!"

파앗!

일각주의 신형이 더욱 빨라진다.

치지지직.

한 번 붙은 불꽃은 꺼지지 않는다.

보통의 화약류였다면 심지를 끊어버리는 것으로 모든 상황이 해결이 되었을 것이다.

하지만 이 진천뢰는 특수한 면이 있어서 한 번 불이 붙으면 심지를 끊어낸다 하더라도 소용이 없었다.

사실상 이 심지 자체도 진천뢰의 일부라 봐야 하는 것이다.

그렇기에 일각주는 달리고 또 달렸다.

정상을 향해서.

쩌쩡! 쩡!

혈룡검과 일월검이 연신 부딪치며 굉음을 자아내고, 그때마다 터질 듯 온 몸에 충격이 전해져 오지만 둘의 거리는 일장을 벗어나지 않는다.

지근거리에서 이어지는 공수의 연속!

제공권을 두고 다투는 둘의 움직임은 물 흐르듯 자연스러우면서도 폭풍처럼 거세다.

치칙, 칙.

하지만.

조금씩, 아주 조금씩 휘가 밀리고 있었다.

그 사실을 모르는 두 사람이 아니기에 더더욱 자신이 할 수 있는 최선을 다한다.

밀리지 않기 위해, 밀어내기 위해.

쩌적! 쩍-!

콰지직!

콰르르릉!

굉음과 함께 무너져 내리기 시작하는 산.

발밑의 땅이 무너지며 딛을 때가 없자 두 사람이 기다렸다는 듯 서로를 향해 달려든다.

다시 한 번 굉음과 함께 두 사람이 부딪치고.

"주군!"

쐐애애액!

그때 두 사람을 떨어트리려는 듯 외마디 외침과 함께 어마어마한 기운을 실은 창이 날아들고.

콰쾅-!

두 사람 사이를 정확히 꿰뚫은 창은 굉음을 내며 지면에 틀어박힌다.

그 강렬함에 두 사람이 떨어진 것은 당연한 일.

그것만으로 두 사람을 막긴 어려웠던 모양인지 다시 달려들려는 둘의 사이로 일각주가 난입한다.

"지금 이러고 있을 때가…!"

우르르르…!

다급한 그의 말이 끝나기 전 이제까지와 비교 할 수 없는 진동과 함께 지진이 일어나기 시작했다.

"큭!"

"윽!"

갑작스런 지진에 순간 균형을 잃으며 신음을 흘리는 휘와 단목성원.

서로에게 집중하고 있었던 만큼 그 집중력이 깨지자 순간 몸의 균형이 흐트러진 것이다.

지진은 그 틈을 교묘하게 파고들었고.

하지만 곧 자세를 바로 잡는 둘.

"진천뢰가…!"

콰콰쾅-!

일각주의 말이 끝나기도 전에 굉음과 함께.

세상이 무너져 내린다.

骑在黑色 70章

70 章

　정신을 잃은 채 미동도 없는 단목성원.

　숨을 쉴 때마다 가슴이 움직이는 것만이 그가 아직 살아 있음을 알려준다.

　어마어마한 폭발과 함께 무너져 내린 일대.

　하필 지형 역시 튼튼한 곳이 아니었던 지라 어마어마한 규모로 무너져 내린 그곳에서.

　단목성원을 찾아낸 것은 그야 말로 기적에 가까운 일이었다.

　그날의 사고가 있었던 것도 벌써 보름.

　단목성원이 발견 된 것은 사고가 있고 정확히 열흘 뒤였다.

그러니 벌써 오일 째 그는 깨어나지 못하고 있는 것이다.

사고가 있었던 날부터 이랬다면 무려 보름이고.

'일이 아주, 아주 잘 풀렸구나. 내가 원했던 것 이상으로.'

장양운은 삐져나오려는 웃음을 이를 악물고 참았다.

일을 계획하며 성공하면 좋은 일이지만 실패하더라도 어쩔 수 없는 일이라 생각했다.

그만큼 놈들의 실력은 괴물 같은 것이었으니.

그랬었는데… 결과를 놓고 보니 이보다 좋을 수 없었다. 비록 단목성원이 살아 돌아왔지만 장양휘 그 눈에 거슬리던 놈이 죽었고, 단목성원의 오른팔이라 할 수 있는 일각주도 죽었다.

'더불어 놈의 오른팔도.'

장양운의 시선이 이젠 허전해진 단목성원의 오른팔을 향한다.

팔이 있어야 할 그곳엔 아무것도 없었다.

어깨에서부터 완전히 잘려나가 버린 팔.

무인에게.

그것도 검을 쓰는 무인에게 팔 하나를, 그것도 자신이 주로 사용하는 팔을 잃어버린다는 것은 사실상 죽음과 같았다.

무공을 쓰려 해도 몸이 익숙해져버린 균형이 무너지며

제대로 된 힘을 쓸 수 없고, 반대 팔로 어떻게든 해보려 하지만 그게 쉬울 리 없다.

균형이 무너졌다는 것은 그런 것이니까.

물론 무림 역사에 그것을 극복하고 다시 강자로 우뚝 선 자들이 없었던 것은 아니었으나, 멀쩡할 때의 실력을 되찾은 이는 누구도 없었다.

단 한 사람도.

'이걸로 소교주의 자리도 내게 오겠군.'

힘의 논리로 가득한 일월신교 안에서 소교주가 능력이 없다는 것은 있을 수 없는 일.

당장이야 자리를 보존하겠지만 곧 스스로 내려와야 할 것이다. 그렇지 않는다면… 남는 것은 죽음뿐일 테니.

'좋아. 아주 좋아.'

속으로 크게 웃으며 장양운은 안타깝다는 표정을 지으며 건물을 벗어난다.

그 짧은 시간 곤륜에는 수많은 전각들이 세워졌는데, 대부분 임시이긴 했지만 그 중엔 사용이 가능한 곳도 꽤 있었다.

단목성원이 누워있는 전각 역시 그러한 곳으로, 본래 그가 멀쩡했다면 사용하게 될 거처였었다.

'남은 것은 놈의 시신을 확인하는 것뿐인가.'

장양운이 보낸 수하들 몇이 은밀하게 사람들의 눈을 피해 장양휘의 시신을 찾고 있었다.

이미 그곳에 수많은 무림인들이 몰린 상황이라 결코 쉬운 일은 아니었지만, 장양휘의 시신을 확인하는 것은 그만큼 장양운에게 중요한 일이었다.

이전처럼 다시 살아 돌아와 자신의 앞을 막아서면 안 될 테니.

콰콰쾅-!

고막이 터져나가는 굉음과 함께 이전과 비교 할 수 없는 진동이 일어났고, 곧 바닥이 무너져 내렸다.

어디 한 곳 의지 할 수 없을 정도로 순식간에.

"큭!"

"젠장!"

재빨리 무너지는 돌을 밟으며 위로 올라가려 했지만, 밟으며 올라가는 것보다 무너지는 속도가 더 빨랐다.

설상가상 밟는 돌마다 힘을 주는 순간 부러져 위로 솟아오를 힘을 얻을 수 없었다.

온 몸을 뒤덮는 식은땀.

그때였다.

파앗!

어느새 곁에 다가선 일각주가 단숨에 그의 팔목을 붙들더니 하늘을 향해 강하게 내던진다.

"주군! 부디 대업을…!"

"너…!"

순식간에 무너지는 바위를 뚫고 하늘로 솟구치며 반대로 빠르게 떨어져 내리는 일각주를 보는 단목성원의 얼굴이 일그러진다.

두 사람이 그렇게 운명을 갈랐을 때.

휘 역시 전력을 다하고 있었다.

파바밧, 팟!

경공에 있어선 천하제일이라 할 수 있는 휘였기에, 단목성원과 달리 빠르게 위로 솟구쳐 오른다.

파삭! 파사삭!

밟을 때마다 부러져 나가는 바위들.

쿠쿠쿠…!

밑에서부터 올라오는 심상치 않은 소리에 속도를 더 높이려던 그의 눈에.

하늘로 솟구치는 단목성원의 신형이 눈에 들어왔다.

동시 자신의 곁으로 때마침 떨어져 내리는 창 한 자루와 함께.

'여기서 놈을 그냥 내보낼 순 없다!'

놈의 실력을 안 이상 이대로 놈을 내보낸다는 것은 있을 수 없는 일.

으득!

이를 악물고 팔을 뻗어 창을 쥔 휘는 재빨리 허공에서 자세를 취한뒤.

있는 힘을 다해 놈을 향해 창을 던졌다!

번쩍!

빛과 함께 엄청난 속도로 쏘아져 나간 창은 부지불식간에 단목성원의 오른팔을 갈라낸다!

일각주에 신경을 쓰느라 순간 기척을 놓쳤던 것이 자신의 팔을 잃는 결과로 돌아온 단목성원의 비명소리가 귀에 들려온다.

"아아아악!"

푸확-!

"컥!"

그와 동시 자신의 허벅지를 꿰뚫는 무언가가 있었으니.

외마디 비명과 함께.

휘의 신형이 더 이상 위로 오르지 못하고 떨어져 내리고.

콰콰쾅-!

굉음과 함께 거대한 폭발이 사방을 뒤덮었다.

"헉!"

비명과 함께 눈을 뜬 단목성원.

온 몸을 땀으로 흠뻑 적신 그는 연신 거친 숨을 몰아내쉰다.

"허억! 헉! 헉!"

그렇게 얼마나 숨을 쉬었을까.

겨우 호흡을 정리한 그는 곁에 놓인 물을 단숨에 들이켰다.

벌컥, 벌컥!

챙그랑!

"으아아아! 이 개자식!"

마지막 물까지 들이키고 나서 대접을 단숨에 내던지며 분노를 발하는 단목성원!

"아악!"

그와 함께 잊을 수 없는 고통이 머릿속을 헤집어 놓는다.

이젠 사라져버린 오른팔이 가져다주는 그 고통에 단목성원은 이를 악물며 버텨보지만, 소진한 체력은 더 이상 그것을 허락지 않는다.

털썩!

"일어났다고? 그거 다행이군."

수하의 보고에 진심으로 다행이라는 표정을 지으며 자리에서 일어나 단목성원이 요양하고 있는 건물로 향하는 장양운.

청해 곳곳으로 퍼졌던 일각과 천각의 무인들이 곤륜산에 집결한 뒤라, 그에게 집중되는 시선은 부담스러울 정도였다.

이런 상태다 보니 아무리 기분이 좋아도 그것을 표현하기엔 조심스런 부분이 있었다.

아니, 조심해야 했다.

앞으로 해야 할 것들이 산더미 같은데 이런 곳에서 의심을 받을 순 없는 일이지 않는가.

장양운은 이번 일과 철저히 관계가 없는 사람이 되어야 했다.

그래야.

'내가 네놈의 자리를 차지 할 수 있을 테니까.'

빠른 걸음으로 단숨에 단목성원이 있는 방을 찾았지만, 아쉽게도 그는 다시 깊은 잠에 빠져든 뒤였다.

엉망이 되어버린 방을 잠시 둘러보다 장양운은 몸을 돌려세운다.

'이 정도면 보여 주기로는 적당하겠지. 이제부턴 실질적으로 일이 늘어나기도 하고.'

단목성원이 빠진 만큼 장양운이 처리해야 할 일이 늘어났다. 게다가 대업의 시작이니 만큼 해야 할 일은 더더욱 늘어나게 될 것이니.

앞으로 이곳을 찾는 일은 없을 것이었다.

단목성원이 스스로 자신을 찾는다면 몰라도.

그렇게 장양운이 방을 빠져나가고 문이 닫히자.

스륵.

눈을 뜨며 천천히 자리에서 일어서는 단목성원.

스윽.

왼손으로 있어야 할 오른팔을 만져보지만 그곳에 있어야 할 것은 더 이상 존재하지 않는다.

욱씬! 욱씬!

아찔한 고통이 다시 어깨에서부터 시작되지만 덕분에 단목성원은 현실을 깨달을 수 있었다.

"개새끼."

툭하니 내뱉는 말.

욕이지만 힘이 훅 빠진 욕이다.

그렇다고 그의 눈빛이 죽은 것은 아니었다. 분명 오른팔이 날아가 버렸다는 현실을 바뀌지 않지만 이대로 놈에게 자신의 자리를 빼앗길 생각은 조금도 없었다.

"분명 같은 얼굴이었어."

정신을 다시 차리고 난 뒤 단목성원의 머릿속을 헤집어 놓은 것은 고통이 아닌 의문이었다.

자신이 상대했던 놈과 장양운의 얼굴이 같았던 것이다.

처음 놈을 보고서 어디서 본 것 같다고 생각했던 것도 다 이런 이유 때문이었다.

완전히 똑같았다면 단숨에 알아보았을 테지만, 미묘하게 다른 얼굴과 처음부터 드러나지 않았던 모습 때문에 판단이 늦어졌다.

허무할 정도로 말이다.

만약 그것을 조금만.

아주 조금만 일찍 알았더라면 많은 것이 달라졌을 것이다.

'내 오른팔도. 일각주도 잃지 않았겠지.'

후회해보지만 이미 벌어진 일이고, 돌이킬 수 없다는 사실을 알기에 단목성원은 미련을 머릿속 한 구석으로 밀어놓았다.

지금 중요한 것은 놈의 계략을 밝혀내고, 자신의 자리가 놈에게 돌아가지 않도록 하는 것이었다.

자신의 몸이 이렇게 되었으니 자리를 내놓아야 하는 것은 일월신교의 습성을 생각하면 당연한 문제일 것이다.

'그렇다고 네놈에게 순순히 돌아갈 것이라곤 생각지 않는 것이 좋을 거다. 내가 못하면… 네놈도 가질 생각을 말아야지.'

단목성원이 웃는다.

두 눈 가득 살기를 담은 채.

❖

"서둘러라!"

"찾아! 어떻게든 흔적을 찾으란 말이다!"

"저쪽! 저쪽에 집중해!"

귀를 찌르는 소란과 목소리들.

남궁과 모용세가에서 나온 무인들이 어지럽게 움직이며 어떻게든 휘의 흔적을 찾기 위해 뛰어다니고 있었다.

쿠구구…!

그때 지축이 흔들리며 굉음이 들려오고.

"대피! 대피해!"

누군가의 외침과 함께 빠르게 현장을 벗어나는 무인들.

쿠르르르!

한참 끝에 진동이 멈추고 주변 소음이 가라앉는다.

하지만 진동은 그렇지 않아도 무너진 지반을 더욱 가라앉혀 놓았다.

조용해질 만하면 이어지는 진동에 연신 지반이 무너졌고, 그때마다 실 낫 같은 희망의 끈이 뒤흔들린다.

"허허, 이거야 원. 이래서야…!"

허탈하게 웃으며 현장이 한 눈에 보이는 정상에서 내려보는 검제.

이번 일이 있고 가장 먼저 달려온 것도 그이고, 가장 먼저 수하들을 투입해 휘의 흔적을 찾기 시작한 것도 그였다.

그 뒤로 모용세가에서 모용강원이 수하들을 이끌고 왔고.

"그러면 쉽게 당하진 않았을 겁니다."

"허허, 그리 믿어야지."

모용가주의 말에 검제는 웃으며 고개를 끄덕이지만 그늘진 얼굴까진 지울 순 없었다.

"보십시오. 암문에선 누구도 오지 않지 않았습니까? 문주가 어찌되었는지도 모르는 상황에서 그들이 움직이지 않는다는 것은 그를 믿고 있다는 증거지 않겠습니까?"

"그러고 보니 보이질 않는군."

그제야 암문 무인들이 누구도 보이지 않는다는 사실을 깨달은 검제가 주변을 둘러본다.

보이는 것이라곤 남궁과 모용의 무인들.

그리고 무슨 일인가 싶어 기웃거리는 사람들 뿐.

어디에서도 암문 무인들은 보이질 않았다.

"그들이 어떤 이들인지 검제께서 잘 아시지 않습니까? 저희는 이곳에서 할 수 있는 만큼 하다가 안 되면 그를 기다리면 될 일입니다. 저들처럼."

"…그래야 하겠지."

고개를 끄덕이는 검제의 얼굴은 그리 좋지 않았다.

이제까지 일월신교와의 싸움 일선에서 활약을 했던 휘다. 그것이 어떤 의미를 가지는 것인지 검제가 되는 인물이 모를 리 없다.

놈들이 본격적으로 마수를 드러내기 시작 한 지금.

휘와 같은 절대고수의 죽음은 생각조차 하기 싫은 일임이 분명했다.

'부디 무사히 돌아오게나.'

뚝, 뚝, 뚝.

규칙적으로 떨어지는 물방울.

돌 끝에 맺혔다가 떨어지는 물은 아주 작은 양이었지만, 그것을 받아먹는 자에겐 생명수와 다를 것이 없었다.

'얼마나… 얼마나 지난 거지?'

툭, 툭.

입을 벌려 떨어지는 물을 받는다.

혓바닥에 물이 닿자 온 몸에 전해지는 아찔한 쾌감.

세상 무엇과도 바꿀 수 없을 것 같은 쾌감과 흥분이 온 몸을 스쳐지나가고, 이어져 정신을 아득히 멀리 보내버리는 고통이 물밀듯 닥쳐온다.

"끄아아악!"

뱃속에서부터 시작된 비명을 단숨에 내지르는 휘.

몸 전체가 자신의 것이 아닌 것 같은.

그러면서도 더 이상 자제 할 수 없을 정도로 강렬한 고통이 온 몸을 휘감는다.

본인 스스로 주체를 할 수 없을 정도로.

혈마제령공을 통해 태어난 몸은 아주 튼튼해지고, 고통에 둔해진다.

그럼에도 불구하고 이런 비명을 내지른다는 것은 그만큼 휘의 몸 상태가 최악이라 할 수 있었다.

실제로도 휘의 몸은 결코 좋지 않았다.

무거운 돌들로 온 몸이 눌러져 있고, 전신의 뼈 중 성한 곳이 거의 없을 정도로 엉망이다.

내장 역시 상처가 생기지 않은 곳이 없을 정도다.

만약 혈마제령공이 아니었다면.

그 폭발 속에서 결코 살아날 수 없었을 것이다.

"끄흐… 끄흑흑!"

이를 악물고 고통을 참아내는 휘.

용케도 기절을 하지 않고 숨을 조절하며 고통을 참아낸 보람이 있었던 지, 시간이 흐르며 서서히 고통에 익숙해지기 시작했다.

고통에 익숙해진다는 것은 결코 좋은 일은 아니다.

하지만 지금 같은 상황에선 어쩔 수 없는 일이기도 했다.

"흐… 박살도, 이런 개박살이 없군."

조금씩 진정이 되고 나서야 휘는 자신의 몸 상태를 알 수 있었다.

무너져 내린 돌로 인해 짓눌려 자유를 잃어버린 몸.

혈마공의 능력으로 다친 몸이야 회복을 하겠지만 문제는 당장 그때까지 버틸 수 있을 것인지에 대한 의문이었다.

'게다가 피를 구할 곳도… 없군.'

제일 문제가 되는 것이라면 피였다.

피를 통해 그 힘을 발휘하는 혈마공이기에 이 정도 상처를 회복시키기 위해선 반드시 피를 필요로 할 것인데, 지금 상황에서 어떻게 피를 구할 수 있겠는가.

최소한 움직일 수 있을 정도로 회복되길 바라는 수밖에 없어 보였다.

톡, 톡.

"다행이라면 이것뿐인가."

입을 벌리면 정확히 입으로 떨어지는 물.

많은 양은 아니지만 다행히 물을 조금씩은 섭취 할 수 있으니 당분간은 어떻게든 버틸 수 있을 것이다.

우웅.

욱씬!

"큭! 내공도 안 되는 건가."

내공을 끌어올려 보려 했지만 온 몸에 고통만 새겨질 뿐 아무런 힘을 쓸 수 없었다.

단전이 깨지거나 한 것은 아닌 듯싶지만 내상이 깊고 몸이 망가지다보니 뜻대로 내공을 움직일 수 없었다.

그야 말로 진퇴양난의 상황.

빛 한 점 들어오지 않는 그곳에서 휘가 할 수 있는 것이라곤 머리를 쓰는 것 뿐.

'마지막 순간. 놈을 구하기 위해 달려들었던 놈은 일각주가 분명해.'

천천히 기억을 되짚어 보자 그제야 당시의 상황이 완벽하게 떠오른다.

단목성원을 구하기 위해 달려들었던 일각주의 얼굴에서부터 마지막 순간 놈이 하늘 위로 탈출하는 모습까지.

'그래도 놈의 팔을 날려버렸다는 것은 나쁘지 않았는데.'

당시의 상황이 아니라면 결코 있을 수 없었던 일일 것이다.

목을 취하지 못한 것은 아쉬운 일이지만 그때 상황을 생각하면 그것만으로도 큰 소득이라 봐야 했다.

놈이 한눈을 팔지 않았다면 간단하게 막혔을 공격이었으니.

'일각주에게 그렇게 신경을 쓸 정도라는 것은 놈과 긴밀한 관계였다는 거겠지. 워낙 얼음장 같은 인상을 풍기고 다녀서 원래 그런 놈이라고 생각했었는데, 그 원인이 단목성원의 죽음 때문이었던 건가?'

전생에서 보았던 일각주는 그야 말로 얼음이었다.

명령 받은 일은 완벽하게 처리하지만, 명령을 받지 않은 일에는 조금도 간섭하지 않는다.

누구와도 말을 섞지 않는 그에게 일월신교 내부에서도

이런저런 말이 많았던 것도 사실이지만, 변하지 않는 것은
그의 실력이었다.

일각주의 자리를 굳건히 지키고 있을 만큼의 실력 말이
다.

"운이 좋다고 해야 하는 건지."

단목성원의 팔을 날려버렸고, 당시 상황이라면 일각주도
분명 자신과 같은 상황일 것이다.

아니, 이미 이 세상 사람이 아닐 것이다.

놈은 자신이 아니니까.

비록 자신은 이런 꼴이 되었지만 중원 무림에는 호재도
이런 호재가 없다.

일월신교의 힘이라 할 수 있는 오각의 첫 번째인 일각주
가 죽었고, 소교주인 단목성원은 오른팔이 날아갔다.

팔이 날아간 이상 이전의 막강한 힘을 보일 순 없을 테
니, 자연스레 소교주란 자리에서도 내려오게 될 것이다.

단숨에 강적 두 명을 치우게 된 것이나 마찬가지였다.

'반대로 또 다른 괴물을 끌어올린 셈이지만.'

쓰게 웃는 휘.

놈이 그리는 최고의 그림을 그리게 해주게 된 것이나 마
찬가지가 되어버렸다.

장양운.

그 놈의 생각대로 말이다.

'그러니 더욱 살아서 돌아가야지. 반드시.'

의지를 불태우는 그때.

우르르릉!

진동과 함께 사방이 흔들리고.

몸을 짓누르던 돌들 역시 흔들리며 몸을 압박한다. 어마
어마한 격통이 휘를 덮치고.

"크아아아악!"

정신을 더 이상 유지 할 수 없을 것 같은 그때.

쿠구구!

다시 한 번.

땅이 무너져 내렸다.

아득한 저곳을 향해서.

❖

"……."

침묵이 감도는 회의실.

암문의 핵심 인원이라 할 수 있는 오영과 모용혜.

다른 인원은 전부 배제하고 여섯 사람만 모인 그곳에 침
묵이 내려앉은 것이 벌써 한 시진 전의 일이었다.

침묵은 더 길어질 것 같았지만 다행히 화령이 먼저 침묵
을 깨고 나섰다.

"정말⋯ 그곳엔 가지 않아도 되겠어?"

"⋯남궁과 모용의 무인들이 수색을 하고 있는 상황이니 우리까지 가서 혼란을 줄 필요는 없다. 그보단 앞으로 어찌할 것인지 생각하는 것이 더 낫겠지."

"⋯하아!"

백차강의 차가운 대답에 화령은 한숨과 함께 물러섰다.

불같은 성격을 지닌 그녀마저 백차강의 말에 뭐라 하지 않는 것은 다들 같은 마음이라는 것을 잘 알기 때문이다.

또한 마음 한 구석에 휘가 살아 돌아올 것이란 믿음이 가득 존재하기에 가능한 일이기도 했고.

만약 그렇지 않았다면 그녀의 성격상 벌써 이곳을 뒤짚어 놓고도 남음이 있었으리라.

게다가 휘의 마지막 명령이 무엇이었던가.

뒷일을 부탁한다고 했다.

휘와 자신들이 목표로 움직여 왔던 것이 무엇인가. 이제와 포기 할 순 없었다.

그리 판단을 내린 백차강이 모두를 둘러보며 말했다.

"당분간은 우리끼리 움직인다. 최대한 전력을 유지하는 방향으로 움직인다."

"그 말은?"

"우리가 가장 자신 있는 것으로 놈들을 상대한다."

백차강의 선언에 오영들이 묵묵히 고개를 끄덕이며 동의하지만 정작 그걸 알아듣지 못한 모용혜가 손을 들었다.

"그게 무슨 말이죠? 가장 잘하는 것이라니요?"

말은 하지만 미묘하게 굳어있는 모용혜의 얼굴.

휘의 능력에 대해 잘 알고 있는 오영들에 비해 아직 모르는 것이 많은 그녀기에 오영들과 비교 할 수 없을 정도로 불안해하고 있었다.

그녀의 물음에 답한 것은 의외로 화령이었다.

"우리 이름이 왜 암영(暗影)인지를 생각해보면 쉬울 거야. 오늘 이후. 무림 최고의 살수 집단은 우리 암문이 될 거야."

선언과도 같은 그녀의 말에 일제히 고개를 끄덕이는 오영들.

그리고 모용혜의 얼굴엔 놀라움만이 가득하다.

암영이라는 이름에 대해 생각을 한 적은 있지만 깊이 고민한 적은 없었다.

자신이 정한 것도 아니고, 휘가 직접 정한 것이었으니까.

다만 그동안의 움직임을 보았을 때, 은밀에 있어선 무림 제일이라 불러도 부족함이 없었기에 그렇게 부르나 싶었다.

하지만 이젠 그녀도 알 수 있었다.

이들은 이제까지 진짜 자신의 싸움을 벌인 적이 없다는 것을.

적의 빈틈을 노리고, 어둠을 동료로 삼아야 할 자들이 빛 아래서 자신을 드러내놓고 싸워왔다.

그럼에도 불구하고 대단한 능력을 보여주었던 그들인데, 진정 어둠을 같은 편으로 만든다면?

모용혜로선 상상조차 어려웠다.

암영들의 진정한 모습에 대해.

그녀의 머릿속이 복잡 할 때 백차강이 말했다.

"당분간은 내가 암영을 이끈다. 이의는?"

"없어."

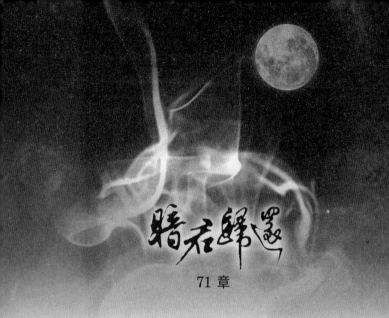

精在歸還

71 章

쿠구구구!

온 몸을 두드리는 거대한 울림과 온 몸을 흠뻑 적시는 물
기.

"으음…!"

신음과 함께 휘가 눈을 떴을 때.

그의 앞에는 믿을 수 없는 광경이 펼쳐지고 있었다.

눈앞의 거대한 폭포도 그렇지만 어마어마한 공간이 이곳
에 존재하고 있었다.

빛 한 점 들지 않는 이곳 지하에 말이다.

더 놀라운 것은 빛이 들지 않음에도 불구하고 사방이

희미한 빛으로 가득하다는 것.

"야, 야명주(夜明珠)?"

놀랍게도 그것은 야명주들이었다.

아니, 정확하겐 야명주의 근본이 되는 돌이었다.

어마어마한 양의 돌들이 빛을 뿜고 있었고, 그 빛이 어두운 동굴을 가득 밝혀주고 있었다.

태양 아래 선 것처럼 밝은 것은 아니지만 이것만으로도 충분히 사방이 분간되고도 남음이 있었다.

"그러고 보니… 몸이?"

주변을 둘러보고 나서야 자신의 몸을 살피는 휘.

놀랍게도 몸이 어느 정도 회복이 되어 있었다.

시간이 얼마나 흐른 것인지 자신도 알 수 없지만, 분명 몸이 움직일 수 있을 정도로 회복되어 있었다.

욱씬, 욱씬!

완벽하게 회복된 것은 아닌 것인지 움직일 때마다 온 몸이 아파오긴 했지만 아예 움직이지 못할 정도는 아니었다.

철퍽, 철퍽!

물 먹은 몸을 힘들게 끌고 땅으로 올라온 휘는 자리에 철퍼덕 주저앉아 다시 주변을 둘러보았다.

콰콰콰콰!

몸을 울리며 떨어지는 거대한 폭포.

"저기로 온 건가."

폭포 이외엔 이곳으로 통하는 통로가 보이질 않으니, 저곳으로 떨어진 것이 분명할 것이다.

"운이 좋… 았군."

정말 운이 좋았다.

어마어마한 높이의 폭포에서 떨어지고도 무사한 것도 그렇지만, 떨어지는 폭포수에 휩쓸려 들어가지 않은 것도 그랬다.

운이 좋지 않았다면 지금쯤 염라를 보고 있을 지도 모르는 일이니까.

'그런데 어떻게 몸이 회복… 저건가.'

좋아진 몸 상태에 대한 의문이 가시지 않을 때 휘의 눈에 그제야 들어오는 것이 있었으니.

방금 자신이 일어난 자리에서 멀지 않은 곳에 죽어 있는.

살아생전의 모습을 조금도 찾아 볼 수 있는 시신 한 구가 있었다.

비쩍 마른 것이 마치 목내이를 연상시키지만 휘는 단숨에 놈의 정체를 알 수 있었다.

"일각주."

자신의 몸 상태가 극도로 좋아졌고, 놈의 시신 상태가 저리 된 것으로 보아 답은 하나다.

이곳으로 흘러오는 동안 놈의 시신과 접촉했고, 혈마공이 발동하며 자연스럽게 놈의 피를 흡수했을 것이다.

그 피를 이용해 몸을 치유했을 것이고.

이제야 자신의 몸 상태가 좋아진 것에 대한 의문이 풀리자 휘는 좀 더 편안하게 주변을 둘러보았다.

세는 것이 불가능해 보이는 야명주가 까마득한 천장 가득 붙어 있고, 쉴 새 없이 몸을 두드리는 폭포가 떨어져 내린다.

놀라운 것은 그곳에서 떨어져 내린 물은 어디로도 흐르지 않는다는 거다.

어마어마한 양임에도 불구하고 떨어진 물은 흐르지 않고 사라진다.

폭포 밑에 또 다른 통로가 있어서, 떨어지는 물만큼 그대로 빠져나가는 것이 틀림없어 보인다.

소화하지 못한 물이 찰랑이며 만든 거대한 연못.

그 연못 밖으로 흘러넘친 흔적이 조금도 없는 것이 항상 일정하게 물이 유지되는 모양이다.

"대체 여기가 어디지?"

문제는 아무리 둘러봐도 이곳이 어딘지 알 수 없다는 것이다.

빛 한 점 들어오질 않으니 지금이 밤인지 낮인지도 알 수 없고, 밖으로 나갈 수 있을 만한 통로도 보이질 않는다.

적어도 당장 자신의 눈에 들어오는 한도 안에선 말이다.

앉은 채로 체력이 회복하길 기다렸다가 자리에서 일어선다.

여전히 이곳저곳 아프지 않은 곳이 없지만, 그래도 처음보단 훨씬 더 나은 상황.

우선 이곳에 대해 확실히 알아둘 필요가 있었다.

더불어 밖으로 나갈 길도 찾아 볼 겸.

저벅저벅.

바닥에 가득한 이끼들.

상상이상으로 푹신한 이끼들이 바닥과 벽에 가득 붙어있고, 다른 동물의 흔적은 조금도 보이질 않는다.

동굴의 크기는 상상을 초월했다.

천장이 높다고 생각은 했지만 안쪽으로 이어진 공간은 어지간한 도시 하나가 들어와도 괜찮을 정도로 컸다.

다만 어디로도 이어진 흔적이 보이지 않았고, 바람이 흐르는 소리도 들리지 않는다.

바람 소리가 들린다는 것은 어디론 가로 이어지고 있는 길이 있다는 뜻인데, 그럴 기미가 조금도 없다.

사람의 손길이 조금도 닿질 않는 지형.

"엄청난 크기의 동굴에 갇힌 셈인가?"

다시 처음의 위치로 돌아온 휘의 얼굴에 쓴 웃음이 가득하다.

자신의 말처럼 이곳은 거대한 감옥 그 자체였다.

어디로도 나갈 길이 없는데다, 사람의 흔적조차 없으
니.

다만… 아예 밖으로 나갈 가능성이 없는 것은 아니었다.

콰콰콰콰-!

쏟아지는 폭포수가 사라지고 있는 물길.

그 안에 답이 있을 것이다.

'그러기 위해선 역시 최상의 상태로 몸을 만드는 것이
먼저겠지.'

몸 상태가 최상을 유지하고 있다고 하더라도 도전하는
것이 두려울 정도다.

저 무서운 폭포수의 압력을 견디는 것도 그렇지만 저 물
길이 얼마나 길게 이어질 것인지, 어디로 나가는 것인지 알
수 없는 것이다.

제법 오래 숨을 참을 수 있겠지만 그 이상을 요구하는 통
로라면?

자살행위 밖에 되지 않는 일이 될 수도 있는 것이다.

그럼에도 불구하고 휘에겐 선택지가 없었다.

'어떻게든 살아서 돌아간다!'

아직 자신에겐 해야 할 일이 많았다.

이대로 주저앉을 순 없는 일이었다.

사천당가의 몰락은 전 무림에 충격을 주기에 충분한 일이었다.

그들이 어떤 자들인가.

무림 오대세가의 일원이자 오랜 시간 그 자리를 지켜온 무림 전체가 인정하는 강자 중의 강자이지 않던가.

거기에 무림에서 손에 꼽는 독과 암기를 지닌 그들이 속절없이 무너져 내릴 것이라 예측한 사람은 없었다.

그리고 다시 한 번 일월신교의 힘에 경악했다.

청해야 중원이라곤 하지만 변방 취급을 하는 판국이니 그렇다 치더라도, 사천당가의 몰락은 그 의미가 적지 않았다.

덕분에 정도맹과 사황련은 매일매일이 시끄러울 수밖에 없었다.

놈들의 위협으로부터 안전을 보장받기 위해 가입하려는 자들부터 문파를 보호할 인원을 보내 달라 조르는 이들까지.

한꺼번에 수많은 인원이 몰리며 정도맹과 사황련은 정신을 차릴 수 없었다.

그러면서도 정예 무인들을 사천에 집결시키는 것을 잊지 않았다.

만약의 경우 곧장 대응하겠단 생각이었다.

사실상 중원 무림의 정예라 할 수 있는 양측 세력의 무인들이 사천에 집결하기 시작하자 긴장감이 확 올라갔다.

아무리 일월신교 때문이라곤 하지만 정사 간에 사이가 좋지 않은 것은 사실이지 않는가.

하지만 이때 정도맹과 사황련은 의외로 발 빠르게 손을 잡았다.

"지금은 서로 싸우고, 견제하고 있을 때가 아니라고 봅니다."

"동감합니다. 당장은 집안싸움을 하고 있을 때가 아니지요."

마주 앉은 두 사람.

정도맹 군사 신묘 제갈성현과 사황련 군사 삼뇌 사마공.

두 세력의 머리라 할 수 있는 두 사람이 한 자리에 모였다.

이는 괜한 싸움으로 인해 서로의 전력을 깎아먹지 않기 위한 조치였다.

뜻을 함께하니 굳이 시간을 질질 끌 필요가 없는 것이다.

"저희 정도맹 무인들은 청성을 중심으로 사천 북부를 맡도록 하겠습니다."

"허면 본련은 본단을 중심으로 남쪽을 맡도록 하죠."

손발이 맞지 않는 상황에선 이것이 최선의 방법이겠지요."

"동의합니다. 사천당가가 허무하게 무너졌다곤 하나 아직 그 후예들이 본 맹에 자리하고 있습니다. 훗날 당가는 다시 일어서게 되겠지요."

달칵.

찻잔을 내려놓으며 말하는 신묘를 보며 삼뇌는 기묘한 미소를 짓는다.

"걱정하지 않아도 당가는 저희가 손을 댈 수 없겠더군요. 이후로도 손을 댈 생각도 없습니다."

"이런 그런 뜻은 아니었습니다만?"

어깨를 으쓱이며 발뺌하는 신묘.

말은 그렇게 했지만 사실 당가가 있던 곳을 건드리지 말라는 우회의 표현이었다.

다만 삼뇌는 그것을 직설적으로 말한 것이고.

당가가 자리하던 곳은 사천의 중심이라 수많은 문파들이 군침을 삼키고 있는 중이었다.

절혼독의 위력으로 인해 누구도 다가가지 못하고 있고, 절혼독의 영향이 끼치지 않는 곳에선 정도맹 무인들이 그곳을 지키고 있었다.

가끔 눈을 피해 들어가는 자들도 없진 않았으나, 결과는 같았다.

절혼독에 목숨을 잃은 것이다.

당가 최고의 독이었던 만큼 허락되지 않은 누구에게도 접근을 허용하지 않았다.

그렇기에 절혼독이 사라지기만을 기다리는 자들이 한 둘이 아니었는데, 그것을 정도맹은 당가의 후예들에게 돌려주길 바라고 있는 것이다.

사실 사황련 입장에선 그것을 보고 있을 이유가 없었다.

당장 그곳을 빼앗는다 하더라도 정도맹도 적극적으로 나설 수가 없었고.

그럼에도 삼뇌가 물러선 것은 당장 정도맹과 마찰을 만들지 말라는 사황의 명령이 있었기 때문이다.

어지간한 것은 양보하되 일월신교에만 집중할 것.

그것이 삼뇌에게 내려진 사황의 명령이었다.

"일월신교의 힘은 무서운 것입니다. 과거의 기록대로라면 적지 않은 피를 흘려야 할 겁니다."

"각오하고 있는 바입니다. 본련의 경우 아직 힘이 미약한 부분이 많아 큰 도움이 되진 않겠지만 최소한 놈들의 발목을 붙들 순 있겠지요. 머릿수가 많은 것이 우리의 장점이지 않습니까."

"최고의 무기일수도 있지요."

"그 무기가 녹이 잔뜩 쓸었으니 문제지요. 태생부터 말입니다."

쓰게 웃는 삼뇌.

당장은 사황련이란 강한 힘에 의해 집결이 되고 있지만, 언제 어떻게 와르르 무너질지 모르는 것이 사파이기도 했다.

"어쨌거나 지금 중요한 것은 우리가 일월신교에 공동으로 손을 잡고 대항하는 겁니다."

"그러기 위해 모인 것 아니겠습니까. 최소한 놈들을 물리치기 전엔 서로를 향해 칼을 돌리는 일이 없도록 하기 위해 말입니다."

두 사람이 묵묵히 고개를 끄덕이며 동의한다.

본래라면 서로를 믿지 않겠지만, 지금은 어쩔 수 없었다. 공동의 적 앞에서 자중지란을 일으킬 순 없는 일이니까.

❖

우물우물.

질겅질겅.

최대한 많은 물을 입에 머금은 채 이끼를 씹어보지만 소심줄 보다 질긴 그 느낌은 참을 수가 없었다.

당장 주변에 먹을 것이 있었다면 결코 먹지 않았을 거다.

'이끼주제에게 뭐가 이렇게 질겨?'

이해 할 수 없을 정도로 질긴 이끼.

그나마 다행이라면 처음엔 쓴맛이 강하게 올라오다가 마지막에 가선 약간의 단맛과 함께 사라진다는 것이다.

씹어 삼키기도 어려운 판에 맛까지 이상했다면 참아 넘기기 어려웠으리라.

그것보다 문제가 되는 것은 역시 어딜 둘러봐도 출구가 될 만한 곳이 보이질 않는다는 것이었다.

혹시나 하는 마음에 동굴 벽 이곳저곳에 귀를 가져다 대보기도 했지만, 어느 한 곳도 다른 곳과 이어져 있는 곳이 없었다.

사람의 손길이 전혀 닿질 않은.

그야 말로 천연 동굴인 것이다.

콰콰콰콰!

온 몸을 울리는 폭포도 이젠 익숙해진지 오래다.

'결국 탈출로는 저곳 밖에 없다는 건데….'

휘의 눈이 폭포 아래를 향한다.

도저히 인간의 몸으로 버텨낼 수 없을 것 같은 소용돌이가 거친 포말을 일으키며 휘를 유혹한다.

하지만 아직은 때가 아니었다.

몸이 완전히 회복한 것도 아니고, 설령 회복한다 하더라도 여러모로 준비를 하고 움직일 필요가 있었다.

"그나마 혈룡검을 찾은 것이 다행이지."

폭포를 중심으로 만들어진 거대한 연못의 가장 자리에서

혈룡검을 찾았던 것은 천운이었다.

아무리 혈룡검이라 하더라도 쇠붙이에 불과하기에 자칫 저 폭포수 아래로 가라앉았을 수도 있는데, 그야 말로 운이 좋았다.

하루가 지나고, 이틀이 지나고.

시간이 흐르면서 휘의 몸도 서서히 정상으로 돌아오기 시작했다.

아니, 하루고 이틀이고 확실한 것인지도 알 수 없었다.

그저 느낌이 그러할 뿐.

처음엔 이곳을 조금이라도 빠른 시간에 탈출하려고 했던 휘도 시간이 흐를수록 서서히 생각을 바꾸기 시작했다.

마음에 들진 않지만 어떻게든 먹고 버틸 수 있는 이끼가 사방에 잔뜩 있는데다, 식수도 존재한다.

남들에게 조금의 방해도 받지 않는 공간.

여기에 상상외로 강했던 단목성원.

일월신교의 힘은 자신이 알던 것보다 훨씬 더 강해졌고, 자신이 저들을 막을 수 있을 것인지에 대한 의심이 싹트기 시작했다.

그러자 도출되는 결론은 하나였다.

"폐관수련하기 딱 좋은 곳이네."

실력을 높이는 것.

앞을 생각하면 반드시 해야 하는 일이었기에, 휘는 이번 기회에 아예 이곳에서 그동안 얻은 심득과 혈마공의 또 다른 단계를 뛰어넘을 각오를 다졌다.

사실 혈마공이란 무공을 얻으며 안도한 부분이 없잖아 있었다.

전생에선 혈마공이 없으면서도 막대한 힘을 발휘 할 수 있었으니까.

하지만 이젠 그럴 수 없다는 사실을 깨달았기에 강해져야 했다.

일월신교를 박살낼만한 힘을 손에 넣기 위해선.

"미안하긴 하지만… 차강이라면 잘 해내겠지. 모용혜도 있고."

백차강과 모용혜의 조합이라면 암문을 잘 이끌며 놈들에게 타격을 입히고, 중원에 들어오는 것을 최대한 막을 수 있을 것이다.

설령 그렇지 못하더라도 암문은.

암영들은 자리를 지키고 있을 것이다. 자신이 돌아오길 기다리며.

'믿는다!'

"후우…."

마음의 각오를 다진 휘는 동부의 가장 안쪽으로 자리를 옮겨 가부좌를 틀었다.

혈마공은 뛰어난 무공이다.

그 끝을 알 수 없을 정도로 말이다.

그동안 제법 노력을 했다곤 하지만 휘도 혈마공의 초입을 이제야 막 지난 상태다.

총 5단계로 나뉘는 혈마공의 단계에서 이제 겨우 2단계에 머무르는 셈이니 앞으로도 가야 할 길이 까마득한 것이다.

반대로 이야기하면 겨우 2단계의 혈마공으로 일월신교의 소교주 자리를 차지했던 단목성원과 비등하게 싸운 것이다.

이는 혈마공이 뛰어난 무공이기에 가능한 것이기도 하지만 기본적으로 휘의 능력 덕택이기도 했다.

어쨌거나 앞으로 휘가 혈마공을 익히면 익힐수록 더 강해지는 것은 당연한 일.

"최소한 3단계를 터득한 뒤에 나갈 생각을 하는 것이 좋겠지. 3단계에 오르면… 저곳으로 나가는 것도 큰 문제가 되지 않겠지."

3단계에서 발휘 할 수 있는 힘이 얼마나 될 것인지 지금의 휘로서도 상상이 되질 않는다.

다만 그 경지에 오르면 이곳에서 벗어나는 것이 어렵지 않을 것이란 사실은 분명했다.

우웅, 웅.

콰우우우!

운기를 시작하자 단전에서 꿈틀대는 두 마리의 혈룡이
울부짖기 시작하고.

곧 깊은 내면의 세계로 빠져든다.

한없이, 한없이.

情在墨
归精 72章

精者歸還

72 章

혈마공의 근본은 마공이다.

마공을 기본으로 하여 생명체의 힘의 근원이라 할 수 있는 피를 결합하여 만들어진 것이 혈마공.

마공 특유의 강한 힘을 빠르게 얻을 수 있을 뿐만 아니라, 피라는 무기를 손에 쥠으로서 천하 그 어떤 무공보다 무시무시한 무공이 되었다.

하지만 그 이면엔 단점도 가득했으니.

철저하게 준비되어 혈마공을 익히기 시작한 존재라 할지라도 주화입마에 걸리기 쉽다는 것이었다.

강한 만큼 불안정한 무공.

그것이 혈마공이었다.

수차례 휘도 주화입마의 위기를 넘겼을 정도로 혈마공은 위험한 무공이었다.

일단 폭주하기 시작한 혈마공은 그 누구도 막을 수 없는 괴물을 만들어 낸다.

지치지도, 내공이 마르지도 않는 괴물이 무림에 등장하는 것이다.

주변에 피가 떨어지지 않는 한.

이 괴물은 막을 수 있는 방법이 없었다.

피에 아주 예민하게 굴기 때문에 폭주하기 시작한 놈을 막는다는 것은 사실상 불가능한 일.

그런 의미에서.

지금 휘는 혈마공을 익히기에 최적의 장소에서 수련을 하고 있었다.

이 넓은 곳 어디에서도 피를 구할 방법이 없으니까.

"크으윽…!"

타는 갈증에 신음을 흘리면서도 휘는 가부좌를 풀지 않았다.

몸을 타고 흐르는 식은땀.

시간이 얼마나 흐른 것인지 알 수 없지만 휘는 개의치 않았다.

아니, 거기에 신경을 쓰고 있을 틈이 없었다.

쿠오오오!

몸 안에서 거세게 충돌하는 두 마리의 혈룡을 붙드는 것
만으로도 온 신경을 기울여야 했으니까.

쿠쿵! 쿵!

몸 안에서 들려오는 묵직한 소리.

소리가 울릴 때마다 몸이 움찔움찔 움직인다.

이제까지 본 적이 없을 정도로 두 마리의 혈룡은 서로를
향해 강하게 달려들었다.

연신 몸을 부딪치고 빈틈이 보일 때마다 날카로운 이빨
을 들이민다.

마치 서로를 잡아먹겠다는 듯.

육신의 주인인 휘가 어찌되든 개의치 않겠다는 듯 연신
부딪지는 둘 때문에 몸 전체에서 연신 비명을 질리온다.

목이 타는 것 정도는 애교일 정도다.

끊임없는 싸움.

끝이 보이지 않을 것 같던 그 싸움의 방향이 달라진 것은
그야 말로 한 순간이었다.

쿠오오오오!

번쩍!

이제까지와 전혀 다른 울부짖음과 함께 빛이 번쩍이고
또 하나의 혈룡이 자리를 잡은 것이다.

그 순간.

쾅─!

굉음이 휘의 머리를 두드렸고, 그 충격에 휘는 정신을 잃었다.

혈룡들을 제어하고 있던 휘가 정신을 잃었지만 세 마리의 혈룡은 서로를 향해 으르렁거리기만 할 뿐 더 이상 움직이지 않았다.

서로가 서로를 노리는 상황이 되다 보니 섣불리 움직일 수 없게 되어버린 것이다.

이는 정신을 잃어버린 휘에게 큰 행운이지 않을 수 없었다.

만약 놈들이 다시 싸우기 시작했다면.

이 거대한 동굴이 그의 무덤이 될 수도 있는 상황이었으니까.

크르르르…!

서로를 노려보며 움직이지 않는 혈룡들.

그러는 사이 휘의 육체가 점점 떠오르기 시작한다.

허공으로.

정신은 잃었지만 가부좌를 취하고 있는 그의 자세는 조금도 변함이 없었고, 떠오른 그의 육체에서 붉은 기운들이 천천히 흘러나온다.

우웅, 웅─.

몸 안의 기운들과 몸 밖으로 흘러나온 기운들이 공명하기 시작하고.

쿠와아아악!

쿠오오오!

세 마리의 혈룡이 일제히 괴성을 내지르며 천천히, 천천히 움직이기 시작한다.

머리끝에서 발끝까지.

온 몸 구석구석 세 마리의 혈룡이 기맥을 타고 움직이기 시작하고.

꿈틀! 꿈틀!

그때마다 몸 위로 불룩하게 튀어 오르는 흔적들.

두 마리의 혈룡이 지나가기도 비좁던 기맥이.

세 마리의 혈룡이 지나가며 기맥을 넓히고 있었다. 세 마리가 동시에 움직여도 충분할 정도로 아주 크고, 단단하게.

두둑, 우드득!

기묘한 소리와 함께 휘의 골격이 변하기 시작한다.

기괴할 정도로 튀어 올랐다가, 움푹 들어갔다가를 반복하며 서서히 자리를 잡고.

치이이익!

지독한 냄새와 함께 그나마 형체를 유지하고 있던 옷이 녹아내린다.

온 몸의 땀구멍을 통해 검고 진득한 것들이 배출되고 있었다.

휘가 정신을 잃은 사이.

그의 몸은 변하고 있었다.

더 이상 완벽할 수 없다고 생각했던 그의 몸이.

그 한계마저 넘어 새롭게 태어나고 있었다.

환골탈태.

전설처럼 전해지는 일이 자신의 몸에 벌어지고 있음에도 휘는 몰랐다.

그저 조용히.

깊게 잠들어 있을 뿐.

콰콰콰콰!

폭포의 굉음이 동굴에 울려 퍼진다.

일월신교는 청해에서 자리를 틀고 더 이상 움직이지 않았다.

사천을 반쯤 초토화 시키고서도 그들은 움직이지 않았다.

아니, 움직일 수 없었다.

소교주인 단목성원이 팔을 잃었고, 일월신교의 기둥이라 불리는 일각의 주인이 목숨을 잃었다.

겨우 두 사람.

겨우 두 사람이지만 일월신교 전력의 핵심이라 불리는

두 사람이 단숨에 전력 외로 분류되어 버린 사건은 제 아무리 일월신교라 하더라도 쉽게 생각 할 수 없는 부분이었다.

특히 각주를 잃어버린 일각은 더 이상 움직일 수 없을 정도로 혼란스러워했으며, 소교주가 팔을 잃어버린 일은 신교 전체 무인들에게 영향을 미쳤다.

이렇게 내부가 어지러운 상황에서 외부로 눈을 돌리는 것은 결코 좋지 않다는 생각에 장양운이 나서서 밖으로 나온 신교 무인들을 다독였다.

이번 일로 인해 가장 이득을 본 것은 장양운이다.

자연스럽게 이번 사태와 관련해 의심을 받기 시작했지만, 어디에서도 흔적을 찾을 수 없었다.

심지어 그를 감시하는 인원도 있었지 않은가.

조용히.

하지만 확실하게 장양운은 자신의 입지를 확실하게 다져나가기 시작했다.

그리고 마침내.

곤륜산의 본거지가 완공되었고.

일월신교의 핵심 전력들이 중원에 첫발을 들였다.

"좋구나. 아주 마음에 들어."

곤륜의 정상에서 끝도 없이 들어서는 신교의 무인들을

보며 신교주는 만족스런 미소를 지었고, 그의 뒤편에 선 장양운은 고개를 숙였다.

불어오는 바람과 공기가 일월신교의 것과는 확연히 다르다 느끼는 것인지 연거푸 크게 숨을 들이쉬던 교주가 몸을 돌린다.

나이를 가늠 할 수 없을 만큼 젊은 그의 모습을 보며 움찔하면서도 더욱 깊이 고개를 숙이는 장양운.

"소교주는 어디에 있느냐?"

"소식을 전달했으나 치료로 인해 잠들어 있는 것으로 압니다."

"하긴 예정보다 빠르게 도착하긴 했으니."

웃으며 턱을 쓰다듬는 교주.

젊은 모습을 한 채 노인들이 자주 하는 행동을 취하는 것이 기묘하지만 그것을 지적할 간 큰 인물은 이곳에 없었다.

애초에 그를 막을 수 있는 사람이 어디에 있겠는가.

일월신교의 하늘이라 불리는 그에게 말이다.

주륵.

아무런 말도 하지 않고, 심지어 자신을 보고 있는 것도 아닌데 고개를 숙이고 있는 장양운의 등엔 식은땀으로 흠뻑 젖어 있었다.

온 몸이 긴장되어 터질 것만 같았다.

"녀석을 그렇게 만든 놈은 확실히 죽은 것이고?"

"시신을 확인하지 못했으나, 그럴 것으로 사료 됩니다. 혹시나 싶어 주변에 정보원들을 배치하였으나 아직까지 아무런 소식이 없는 것으로 알고 있습니다."

"그 말은 일각주의 시신도 발견하지 못했다는 것이로군."

"예. 하지만 당시의 상황을 종합하여보면… 가능성은 없는 것으로 판단됩니다."

장양운의 보고에 고개를 끄덕이며 천천히 몸을 돌리는 교주.

교주의 시선이 장양운에게 향한다.

무표정한 얼굴과 시선이지만 그것이 자신에게 향하는 순간 장양운은 자신이 한 없이 작아지는 것을 느꼈다.

그리고 숨을 쉴 수 없을 정도로 극도의 신상을 하는 자신까지.

"뭐, 그렇다면 그런 것이겠지."

빙긋.

웃으며 말하는 교주의 얼굴과 함께 장양운은 자신의 호흡이 원래대로. 한 순간에 돌아오는 것을 느꼈다.

'내, 내 뜻이 아니었다!'

주륵.

얼굴을 타고 흐르는 땀.

아무리 긴장했다곤 하나 장양운은 무공을 익힌.

그것도 상당한 고수였기에 호흡을 조절하는 것이 어려울
리 없다. 오히려 아주 능숙했다.

그럼에도 불구하고 방금 전엔 숨을 쉴 수 없었다.

아주 자연스럽지만 자신의 의도가 아니었다.

어떻게든 숨을 쉬어 보려고 했지만 그럴 수가 없었다.

이유는 단 하나.

교주의 의지.

'의지만으로…! 이미 사부님은 인간의 경지를 벗어나셨
다!'

새삼 그의 능력을 다시 깨달은 장양운의 몸이 떤다.

부르르!

"그렇게 겁낼 필요 없다. 힘의 논리가 우선시 되는 본교
에서 더 높은 자리를 원한다면…."

마치 네 속을 알고 있다는 듯 웃으며 장양운의 곁을 스쳐
지나가는 교주.

그리고 멀어지며 그가 하는 말이 장양운의 귀에 꽂힌다.

"수단방법을 가릴 필요가 없겠지."

덜덜덜.

'알고… 알고 계셨다! 이미 모든 것을!'

주체 할 수 없을 정도로 몸이 떨린다.

하지만 한편으론 너무나 다행이었다.

방금 전 교주의 말이 뜻하는 바는 하나.

장양운, 자신이 벌인 일을 알고는 있으나 침묵하겠다는 뜻이었다.

어떻게든 더 강한 자가 자신의 뒤를 잇는 것이 좋다는.

물론 뒤의 말은 하지 않았으나, 장양운에겐 마치 그랬던 것처럼 들려왔다.

이로서 한 가지는 확실해졌다.

단목성원이 완전히 내쳐진다면 비게 되는 소교주의 자리는.

'내 것이다.'

장양운.

그가 웃는다.

❖

우웅, 웅ㅡ.

낮은 진동이 동굴을 가득 채우고.

혈무에 휩싸인 휘의 신형은 그림자로만 비쳐진다.

허공에 뜬 그의 신형 아래로 이젠 녹아버린 옷과 이끼마저 녹여버린 검은 물질들이 가득하다.

더 이상 골격이 변하진 않는 것인지 낮은 진동 이외엔 어떠한 소리도 들리지 않는 그때.

후우웁!

숨을 들이키는 소리와 함께 혈무가 단숨에 휘의 입으로 빨려 들어간다.

번쩍!

붉은 빛이 동굴을 가득 채우고, 빛이 사라졌을 때는.

"시간이 얼마나 흐른 거지?"

두 발로 굳건히 선 휘가 혈광을 발하는 두 눈을 지닌 채 주변을 둘러보고 있었다.

얼마나 많은 시간이 흐른 것인지 알 수는 없으나 확실한 것은 하나였다.

"강해졌다."

온 몸에서 힘이 끓어 넘치고 있었다.

당장 눈앞에 단목성원이 다시 나타난다 하더라도 이번엔 당하는 것이 아닌, 쉽게 가지고 놀 수 있을 정도로 강대한 힘이 자신의 몸 안에서 흘러넘치고 있었다.

뿐만 아니라 몸 전체가 변해 있었다.

이전에도 이런 경험이 있지만….

"그때와는 비교 할 수도 없군."

그랬다.

이전에 혈마공 2단계에 이르렀을 때도 지금과 같은 기분을 느꼈지만, 지금은 그 차원이 달랐다.

스스로 생각해도 무서울 만큼.

이곳에서 힘을 시험해보기 어렵다고 느낄 정도로 말이다.

자칫 동굴이 무너져 내릴 수도 있는 일이니까.

크르릉!

쿠오오오!

또 달라진 것이 있음이니 바로 몸 안에 똬리를 튼 세 마리의 혈룡이었다.

분명 두 마리 밖에 없었던 것이 세 마리로 늘어난 것이다.

이로 인해 확연이 느껴질 정도로 온 몸 안에 강한 기운이 충만할 뿐만 아니라, 세 마리가 균형을 이루며 이제까지 폭주의 위험 때문에 끌어올리기 힘들었던 힘을 쓸 수 있을 것 같았다.

눈으로 확인한 것은 아니지만 몸이 말해주고 있었다.

가능하다고.

"그보다… 내 꼴이 이렇다는 것은…."

질퍽.

나신을 그대로 드러낸 모습과 발아래서 질퍽이는 정체불명의 것들.

옷이었을 것이 분명한 조각들까지.

"환골탈태인가."

전설로만 내려져오는 일을 자신이 해냈다는 사실에 놀랐지만 금세 차분해진다.

혈마공이란 무공에 대한 두려움이 엄습했기 때문이다.

이제 겨우 3단계였다.

전체 과정으로 보자면 중간 단계다.

그럼에도 불구하고 무림에서 전설처럼 내려오는 환골탈
태를 경험했다는 것은 분명 뜻하는 바가 적지 않았다.

혈마공을 익힌 이후, 처음으로 혈마공이란 무공에 대해
두려움을 느낀 것이다.

"마지막 5단계가 뜬구름 위의 이야기라는 것을 생각하면
결국 익힐 수 있는 것은 4단계가 끝이라는 것인데, 대체 얼
마나 더 강해질 수 있는 거지? 아니, 무공이 이렇게까
지…."

더 이상 말을 하지 못하는 휘.

하지만 곧 한숨과 함께 당당한 걸음으로 폭포수가 가득
한 연못이 있는 곳으로 움직인다.

환골탈태를 거치며 온 몸에 쌓였던 탁기(濁氣)가 배출되
고 마치 갓 태어난 아이마냥 몸이 깨끗해진 휘다.

거기에 골격이 움직이며 몸 전체의 균형이 새롭게 잡혔
다.

사실상 새로 태어났다고 봐야 하는 것이다.

단순히 걷는 것뿐인데도 휘는 그것을 체감 할 수 있었다.
몸의 무게가 조금도 느껴지지 않는 걸음은 둘 치고, 이전과
비교해 상당히 시선의 높이가 위로 올라가 있었다.

즉, 키가 큰 것이다.

이전에도 작은 키는 아니었으나 머리 하나는 더 자라난 것이다.

찰랑.

물에 비치는 자신의 모습을 본 휘는 깜짝 놀랐다.

크게 달라진 것이 없어 보이면서도 세세하게 많은 부분들이 달라져 있었다.

특히 피부가 새하얗다.

본래 휘의 피부는 약간의 붉은 기가 도는데다, 몸 곳곳에 상처가 그득했었다.

헌데 피부는 깨끗해지고 몸의 흉터라곤 찾아 볼 수 없게 된 것이다.

"나쁘지 않은데?"

이곳저곳을 비쳐보던 휘는 돌연 내공을 강하게 끌어올렸다.

거의 한계지점까지 끌어올렸지만.

우웅, 웅.

피부 위로 드러나야 할 어떠한 문신도 모습을 보이지 않는다.

몸에 새겨졌던 문신들이 환골탈태와 함께 사라진 것이다.

사실 몸의 한계를. 그 경계선을 나타내주는 표식과 같은 것이지만 휘의 실력이 높아질수록 필요성이 없어지고 있었다.

때마침 이번 기회에 사라진 것이다.

결코 나쁜 일이 아니었다.

"좋은데?"

게다가 단시간에 강한 내공을 끌어올렸음에도 육체에 걸리는 부하가 조금도 없다.

기맥이 튼튼해진 것도 그렇지만 이전과 비교 할 수 없을 정도로 그 통로가 넓어져있었다.

끌어올린 기운이 결코 적지 않음에도 찰나의 순간 다시 제자리로 돌아가는 것만 봐도 그랬다.

이전과 비교 할 수 없는 수준.

그 어떤 것을 떠올려서 비교 할 수 없는 수준으로 육체가 만들어져 있었다.

"이 정도면…"

잠시 눈을 감고 일월신교주의 힘을 그려본다.

그리고 자신과 가상의 싸움을 시켜보았다.

주룩, 주르륵.

연못 가장자리에 우뚝 선 휘의 몸에서 연신 굵은 땀방울이 흘러내리고.

"제길."

첨벙!

돌연 눈을 뜬 휘가 외마디와 함께 연못을 향해 몸을 날린다.

차가운 물에 정신이 번쩍 든다.

짧은 시간이었지만 휘는 완패했다.

일월신교주는 그야 말로 괴물이다.

괴물들의 왕.

수많은 괴물들이 존재하지만 그 중에서도 가장 빛이 나는 왕이 바로 그였다.

전생에서 딱 한 번.

딱 한 번 그가 무공을 펼친 뒤의 현장을 본 적이 있었다.

펼치는 것을 직접 본 것도 아니고, 그 뒤의 모습을 본 것이지만… 그날의 기억을 떠올리는 것만으로도 휘는 아득한 절망감에 떨어야 했다.

도저히 인간이 만들어낸 흔적이라곤 상상 할 수 없었으니까.

여기에 일월신교 무인들의 실력이 대폭 향상되었다.

전생의 일월신교주 정도라면 지금의 자신으로도 어떻게든 손을 섞어 볼 수 있을 것이다.

하지만 다른 자들처럼 그 역시 더 강해졌다면?

겨우 손을 섞는 수준이 아니라 처참하게 죽어나올 수밖에 없는 일이다.

"그렇다고 여기에서 시간을 계속 보낼 수도 없는 일이지."

폐관수련을 통해서 실력을 높일 수 있는 것은 3단계가 끝이다.

그것도 운이 좋아서 3단계에 올랐다는 것을 휘는 잊지 않았다.

그동안 쌓인 경험과 여러 가지 심득들이 하나가 되는 과정에서 운이 좋게도 3단계에 오를 수 있었던 것이다.

처음부터 쌓으려고 했다면 얼마나 많은 시간이 걸렸을 것인지 짐작조차 할 수 없었다.

문제는 4단계부터는 폐관수련으로 이를 수 없는 경지란 것이다.

당장 어떻게 그곳에 도달 할 수 있는 것인지는 휘도 제대로 알 수 없지만, 확실한 것은 이런 방식으로는 안 된다는 것이다.

'언젠가는 오를 수 있겠지.'

언젠가는 오를 수 있기야 할 것이야.

다만 그 시기가 늦지 않았으면 할 뿐.

"다들 괜찮은지 모르겠네."

그리고 이곳에서 얼마나 있었던 것인지 알 수 없었기에 빨리 밖으로 나가고 싶었다.

외부의 상황이 어떻게 돌아가고 있는 지도 걱정이었다.

백차강과 모용혜라면 잘 해내고 있겠지만, 그래도 걱정되는 것은 어쩔 수 없는 일이었다.

"그보다 옷을 어떻게 한다?"

나신인 채로 밖으로 나갈 수도 없기에 고민하던 휘의 눈에 일각주의 시신이 들어온다.

"뭐, 그럭저럭 인가?"

죽은 자의 옷을 입는다는 것이 좀 내키진 않지만 어쩔 수 없다는 것을 알기에 휘는 최대한 겉옷만 취했다.

환골탈태를 거치며 몸이 전체적으로 커졌기 때문인지 꽉 끼는 옷.

일각주와 비등한 수준의 몸이었는데 이렇게 보니 차이가 제법 컸다.

휘휙, 꽉!

소매를 찢어 혈룡검을 상체에 단단히 묶는다.

잃어버리면 안 되니까.

콰콰콱!

여전히 굉음을 내며 쏟아지는 폭포수.

"후우…!"

호흡을 조절하던 휘는 어느 순간 폭포를 향해 몸을 날렸다.

'할 수 있다. 나는, 할 수 있다!'

혈마공 3단계에 올랐다곤 하지만 저곳을 통해 밖으로 나가는 것은 도박과도 같은 일!

숨을 참을 수 있는 시간은 최대 1시진.

그 시간 안에 숨을 쉴 수 있는 공간을 발견하지 못한다면.

제 아무리 휘라 하더라도 죽을 수밖에 없었다.

인간인 이상 물 속에서 숨을 쉴 수는 없는 일이니까.

콰콰콰~!

폭포수 안으로 몸을 던지자 상상을 초월하는 압력이 온 몸을 짓누른다.

거기에 어디로 흘러가는 것인지 어마어마한 속도로 물이 흘러간다.

만약 내공의 보호가 없다면 이 압력을 견디기도, 연신 부딪치는 벽으로부터 몸을 지키는 것도 어려웠을 것이다.

쿵, 쿵, 쿵!

물살에 휩쓸리다 보니 쉴 틈 없이 주변에 부딪쳤는데, 어느 순간 통로가 크고 넓어지더니 더 이상 몸이 부딪치지 않는다.

하지만 여전히 주변은 어둡기만 하다.

콰콰콰콰~!

빠른 속도로 움직이며 휘는 필사적으로 숨을 쉴 공간을 찾았다.

숨을 쉴 수 있다는 것은 밖과 통한다는 것이기에.

시간이 흘러간다.

빠른 속도로.

情归何處

73章

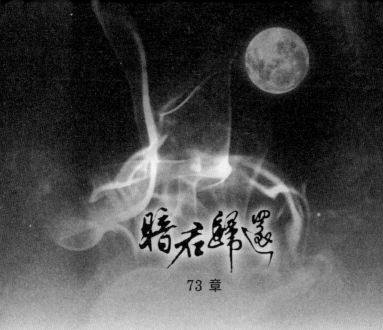

73 章

　암문은 그날 이후 필요한 것이 아니라면 문을 닫아걸고 외부 활동을 완전히 중단했다.

　그나마도 파세경이 오가는 것이 아니었다면 외부와의 접촉이 완전히 끊어졌을 지도 몰랐다.

　"물류의 이동이 심상치 않아. 고급품도 많이 움직이지만 식량과 무기의 이동이 평소의 수배는 넘을 정도로 청해와 사천으로 몰려들고 있어. 우스갯소리로 중원의 모든 물류가 서쪽에 집중되고 있다고 할 정도야."

　"긴장감이 높아지고 있으니 만약을 대비하려는 거겠지."

"그렇지. 중원 상단들 그 중에서도 무림과 연이 있는 곳들은 일월신교와의 거래를 하지 않지만, 그 외에 무림과 관련이 없는 곳에선 적극적으로 일월신교와 거래를 하고 있어. 무림의 상황이야 어떻든 간에 일월신교에서 부르는 금액이 워낙 크다보니 무시 할 수 없었겠지만."

"당장만 보는 거지."

쓰게 웃는 모용혜를 보며 파세경은 고개를 끄덕였다.

그녀가 볼 때도 놈들의 일을 돕는 것은 차후 문제가 될 소지가 아주 컸다.

일월신교의 힘은 아주 강하다.

그런 놈들에게 유일한 약점이 있다면 바로 보급인데, 돈을 노리고 움직이는 상단들이 한 둘이 아니다 보니 결국 그 약점이 상쇄되고도 남음이 있는 것이다.

하지만 파세경 그녀가 봤을 때 그들 상단은 단순이 돈을 쫓아서만 움직이는 것 같진 않았다.

"상인의 기본이 앞을 내다보는 것인데 그럼에도 불구하고 그들이 저렇게 움직이는 것이 이상해."

"나도. 아무리 돈이 좋다고 해도 나중의 일을 생각하면 양쪽에 발을 걸치는 것이 맞는데… 이들은 아예 일월신교 쪽에 모든 것을 건 것처럼 보여. 마치 휘하 상단…!"

"……!"

머릿속에 번개라도 치는 것처럼 두 사람의 뇌리를 꿰뚫는 하나의 생각.

"…무섭네."

주륵.

어느새 이마 위로 식은땀이 가득 나더니 얼굴선을 따라 흘러내린다.

"대체 놈들은 언제부터 준비를 했던 걸까?"

모용혜의 물음에 파세경이라고 알리가 없다.

그것을 그녀도 잘 알지만 묻지 않고선 참을 수가 없었다.

놈들에게 동조하는 상단들 중에는 꽤 오랜 시간을 상계에서 버텨온 곳들이 적지 않다.

다시 말해.

그때부터 놈들은 준비를 하기 시작했단 것이다.

아주 오랜 시간 천천히 공을 들여서 말이다.

"대놓고 이렇게 움직인다는 것은 이젠 숨길 생각이 없다는 거겠지."

"무림도 무림이지만… 상계가 시끄럽겠네."

파세경이 이를 악문다.

❖

"…하여 현재 스물다섯의 상단을 이젠 하나로 합쳐서 움직일 때가 되었다는 것이 제 생각입니다. 이들을 하나로 합침으로서 중원상계를 휘어잡을 순 없겠지만 최소한 제대로 움직이지 못하게 할 수 있을 겁니다."

"흐음…."

"그리고 본교로 향하는 물류의 양을 늘려야 할 필요가 있는 만큼, 이들을 일원화 시키는 작업은 반드시 필요하다 봅니다."

고민하는 일월신교주 앞에서 장양운은 자신이 해야 할 몫을 다했다는 듯 속으로 안도의 한숨을 내쉰다.

그날 이후 장양운은 쉴 틈도 없이 사방을 뛰어다녔고, 덕분에 빠른 속도로 신교 내에서 인정을 받아가고 있었다.

어지럽던 신교였지만 교주가 중심을 잡고 장양운이 돌아다니며 다독이자 서서히 안정되기 시작한 것이다.

덕분에 단숨에 중원을 몰아치려던 계획을 수정해야 했지만, 신교 무인들이 중원에 적응하는 시간을 가질 수 있었으니 거기에 만족해야 했다.

"현재 중원에서 가장 빠른 속도로 성장하는 곳은?"

"천탑상회라는 곳입니다. 대막상단들이 중원에 진출하기 위한 교두보와 같은 곳으로 막대한 금력을 바탕으로 빠른 속도로 성장하고 있습니다."

"재미있군."

교주의 뜻을 읽은 장양운이 재빨리 말을 덧붙인다.

"중원 상계와의 충돌이 있었습니다만, 남궁과 모용세가의 지지가 있었고 본교의 대업이 행해지는 도중에 발생한 중원 무림의 간극을 절묘하게 노리면서 중원에 뿌리를 내렸습니다.”

“영리한 놈들이로군. 우리 쪽 애들을 합치면 그 정도는 되나?”

“충분합니다. 다만 본격적으로 상계 싸움을 붙이는 것보단 본교의 지원을 중심으로 돌아가게 될 것이기에 중원 상계를 접수하는 것은 본교의 대업을 이루고 난 뒤가 될 것 같습니다.”

장양운의 말은 당연한 것이었다.

일월신교가 비밀리에 심어 놓은 상단의 수가 많다곤 하지만 그들을 합친다고 해서 중원 상계와 싸우기엔 부족한 점이 많다.

그럴 바엔 철저히 후방 지원을 시키다가 대업을 이룬 이후 단숨에 상계를 휘어잡는 편이 훨씬 더 쉬운 일이었다.

무림뿐만 아니라 관과도 충돌이 벌어지겠지만, 그건 그때 가서 생각할 일이었다.

똑똑.

“사부님, 제자 단목성원입니다.”

“들어오너라.”

그때 문을 두드리며 단목성원이 교주의 집무실로 들어선다.

오른팔이 허전한 그의 등장에 장양운은 자리에서 일어나 그를 향해 고개를 숙인다.

"소교주님을 뵙습니다."

"아아, 오랜만이야."

가볍게 왼손을 들어 인사한 그는 사부인 교주를 향해 다시 고개를 숙인다.

"늦어 죄송합니다. 생각보다 치료가 늦어져서 어쩔 수가 없었습니다."

"보고는 받았다. 괴사가 심해서 더 잘라냈다고?"

"기왕 없어진 것. 깨끗하게 잘라냈습니다. 그편이 앞으로는 위해서라도 좋을 것이란 조언이 있었습니다."

그러고 보니 단목성원의 팔이 어깨에서 예리하게 잘려나가 있었다.

본래 그보다 조금 더 길게 남아 있었는데, 이번에 치료를 하면서 깨끗하게 잘라 내버린 것이다.

독하게 마음을 먹지 않고선 결코 할 수 없는 일이지만 그는 해냈다.

어떻게든 다시 일어서기 위해서 말이다.

"의수는 하지 않는다고?"

"나중에 하더라도 당장은 하지 않을 계획입니다. 일단 이 몸에 익숙해지는 것이 먼저이지 않겠습니까? 특히 왼손이 아직 익숙하지 않으니, 여기에 집중하는 것이 먼저라 생각했습니다."

"그것도 나쁘지 않겠지."

고개를 끄덕이던 그가 돌연 두 사람을 번갈아가며 본다.

그리곤. 무슨 생각을 떠올린 것인지 웃으며 입을 열었다.

"네게 소교주로서의 자격이 있다고 보느냐?"

단목성원에게 직접적으로 말하는 교주.

그에 장양운은 속으로 깜짝 놀랐지만, 그와 달리 단목성원은 미리 준비하고 있었던 듯 즉시 답했다.

담담한 목소리로.

"없다고 봅니다. 소교주로서 보여야 할 능력과 힘을 잃어버린 지금은 아니라고 봅니다. 적어도 지금은 말입니다."

"지금이라는 이야기는 다시 올라올 생각이로구나."

"다시 할 수 있을 것이라 생각합니다. 전 포기를 배운 적이 없습니다. 이번에도 마찬가지 입니다."

"흠, 그럼 네 생각은 어떻느냐?"

이번엔 장양운에게 질문이 날아들었다.

단목성원의 대답을 들으며 어느 정도 마음의 준비를 마쳤던 장양운은 즉시 입을 열었다.

"저 역시 현재의 사형은 소교주의 자격이 없다고 봅니다."

"너 역시 녀석의 부활을 믿는 것이냐?"

"사형에겐 충분한 능력과 재능이 있으니까요. 비록 시간은 걸리겠지만 이전의 능력을 충분히 되찾을 수 있을 것이라 봅니다."

"시간은 걸리겠지만이라… 하하, 하하하!"

크게 웃는 일월신교주.

장양운의 시간을 필요로 한다는 말은 반대로 말하면 그 시간 동안 자신은 더욱 발전해 있을 것이니 소교주의 자리엔 자신이 어울린다는 우회적 표현이었다.

그것을 못 알아들을 리 없는 둘.

반응은 나뉘었다.

크게 웃는 교주와 와락 얼굴을 구기는 단목성원.

당장이라도 할 수 있다면 한 방 먹이고 싶다는 얼굴이지만 사부 앞인지라 단목성원은 이를 악물며 분노를 억눌렀다.

그와는 반대로 장양운은 이번이 기회라고 생각했다.

어차피 모두가 알고 있는 사실이다.

자신이 언제까지고 엎드려 있진 않을 것이란 사실 말이다.

그렇다면 기회가 온 김에 아예 드러내는 것이 나았다. 그렇다면 최소한 기회를 부여 받을 순 있을 테니까.

'게다가 정말로 자신의 힘을 회복하고도 남을 능력이 놈에겐 있으니까. 이번에 번 시간을 확실히 이용해서 더 높은 실력을 손에 쥐어야 한다. 놈이 더 이상 넘보지 못할 정도로.'

복잡하게 얽혀가는 장양운의 머릿속.

그때 웃음을 마친 교주가 둘을 보며 말했다.

"기회는 주어야 하겠지. 이 시간부터 단목성원. 네게 주어진 소교주로서의 지위는 회수한다. 대신 둘 모두 이전처럼 한 자리를 노리고 달릴 기회를 주마."

"감사합니다, 사부님!"

동시에 고개를 숙이며 인사하는 둘.

장양운은 새로운 기회를 잡았고, 단목성원은 내쳐지지 않고 다시 기회를 부여 받았다.

둘 모두에게 새로운 기회인 것이다.

"우선 넌 몸을 완전히 회복 시키거라. 어차피 이렇게 된 것 당분간은 청해에서 움직이지 않는다. 네가 이야기 했던 데로 움직여 상단을 하나로 모아라. 지원은 든든한 것이 좋겠지."

"존명!"

두 사람이 동시에 외친다.

❖

부글, 부글.

한 것 들이쉬었던 공기를 조금씩 뱉어내며 어떻게든 유지를 해보려 하지만 점점 힘들어진다.

콰콰콰콰!

물살은 아직도 빠르기만 할 뿐 조금도 늦춰지지 않았다.

게다가 온통 암흑의 공간이라 숨을 쉴 공간을 찾을 수 없었다. 아니, 찾더라도 워낙 물살이 빨라 빠져나갈 틈이 없다.

'여기까지가… 한계인가?'

공기를 갈구하는 몸이 한계에 도달하며 눈앞이 핑핑 돌던 그 때.

스르륵.

빠르고 거세게 움직이던 물길이 어느 순간 느려지기 시작했다.

방금 전까지 어마어마한 속도로 밀어내던 것이 꿈이라 여겨질 정도로 한순간이었다.

'빛!'

아주 희미하지만 빛을 발견한 휘는 앞뒤 가릴 것 없이 즉시 몸을 움직였다.

온 몸에서 비명을 내지르고 당장이라도 숨을 쉬고 싶지만 버텨낸다.

그리고.

푸확!

"커헉! 컥! 컥!"

거친 기침과 함께 쉴 새 없이 숨을 쉬는 휘.

숨소리가 한참을 거칠다가 시간이 흐르자 천천히 원래대로 돌아간다.

"하…! 죽다 살았네."

제대로 숨을 쉬기 시작하자 몸에 힘이 돌기 시작했고, 그제야 주변을 둘러볼 여유가 생겼다.

휘가 숨을 내쉬기 위해 올라온 공간은 그리 넓지 않았다.

아니, 저쪽으로 어두운 동굴이 이어지고 있어 제대로 확인을 할 수 없었다.

다만 휘를 인도한 빛은 높은 동굴의 천장.

그 끝에 있었다.

"저렇게 높이…."

천장은 상상 이상으로 높았지만 휘의 실력이라면 얼마든지 닿을 수 있는 위치였으나, 문제는 저 빛이 들어오는 통로가 아주 작다는 것이었다.

심지어 그 작은 통로를 통해 들어오던 빛이 금세 사라진다.

해의 기울기에 따라 아주 잠시 빛이 들어오는 모양.

하지만 그 잠시간의 빛이.

휘를 살렸다.

"일단 위로…."

첨벙, 첨벙.

가벼운 몸놀림으로 헤엄을 쳐 빛이 들어올 때 봐두었던 땅 위로 올라간다.

워낙 많이 부딪친 통에 그렇지 않아도 허름하던 옷이 더욱 허름해져 버렸지만, 최소한 의복 역할은 하고 있으니 삼매진화를 통해 가볍게 말린다.

피어오르는 수증기.

순식간에 마른 몸으로 이리저리 움직이며 몸을 체크하고 나서야 휘는 품에서 야명주를 꺼내 들었다.

혹시나 싶어 크진 않지만 가장 강한 빛을 뿌리던 주먹만 한 녀석을 챙겨 놓았었는데, 이렇게 유용하게 쓸 줄은 자신도 몰랐다.

햇불이나 등불만큼 밝진 않지만 이것으로 충분했다.

수준 이상으로 무공을 익힌 이들에겐 야명주의 불빛이면 어지간한 어둠속에서도 대낮처럼 움직이는 것이 어렵지 않은 일이었다.

저벅저벅.

하나 밖에 없는 통로이기에 휘는 거침없이 앞으로 걸어간다.

기이할 정도로 이끼하나 자라지 않은 동굴.

사람의 손길이 닿지 않은 것은 확실하지만 얼마나 깊은 것인지 흔하게 볼 수 있는 박쥐도 보이질 않는다.

"꽤 걸은 것 같은데…."

중얼거리는 휘.

말처럼 제법 오랜 시간을 걸어왔음에도 불구하고 동굴은

그 끝을 알 수가 없었다.

그렇다고 경공을 사용하자니 동굴의 종유석들이 들쑥날쑥하게 자라나 있어서 그것도 여의치 않았다.

아니, 하려고 한다면 하고도 남음이 있겠지만 그럴 수 없었다.

아주, 아주 조금씩이지만.

동굴에 사람의 흔적이 보이기 시작한 탓이다.

사람의 흔적이 있다는 것과 끝이 보이지 않는 동굴.

이 두 가지를 결합하면 이 앞에 무엇이 있을 것인지 알수 없었기에 섣불리 경공을 쓸 수가 없었던 것이다.

그저 지금처럼 걸으면서 조심하는 수밖에.

다행인 것은 사람의 흔적이 아주 작다는 것과 그것이 상당히 오래 되어 보인다는 것이었다.

휘이잉.

간간히 동굴 밖으로 빨려나가는 기괴한 바람 소리는 이동굴의 끝이 외부와 연결되어 있음을 알려주었기에 오히려휘를 만족스럽게 만들었다.

그렇게 한참을.

아주 한참을 걸은 끝에.

저 멀리 빛이 보이기 시작했다.

"드디어 끝… 응?"

동굴이 끝났다 싶은 순간 빠른 속도로 늘어가는 인위적인 흔적들.

다행이 함정은 존재하지 않았지만 빛이 보이는 곳에서부
턴 사람들의 손길이 닿은 흔적이 대단히 많았다.

"사람이 살았던 흔적 같기도 하고?"

제법 오래된 것들뿐인지라 휘도 제대로 가늠 할 수 없었
다. 또 한 가지.

혈마제령공으로 단련된 육체로 인해 추위나 더위를 거의
타질 않던 휘였지만 이번의 환골탈태로 인해 한서불침(寒
暑不侵)의 능력을 얻었다.

덕분에 아직 깨닫지 못하고 있었지만 빛과 함께 동굴 전
체의 기온이 추울 정도로 떨어지고 있었다.

그것을 깨달은 것은 한참을 더 움직이고 나서였다.

"한서불침인가…?"

생각 할수록 어이가 없을 정도로 막강해진 자신의 육체
에 혀를 내두르며 휘는 빠르게 동굴의 입구에 섰다.

그러자.

휘이잉-!

눈앞을 가득 채우는 새하얀 눈의 폭풍!

사방의 모든 것을 얼려버릴 것 같은 거칠고 차가운 바람
과 함께 불어오는 폭풍은 얼음왕국을 만들어 내기에 부족
함이 없었다.

"북해인가…."

신음과도 같은 말이 휘의 입에서 흘러 나온다.

이 같은 혹한의 대지가 북해가 아니고선 또 어디에 있겠는가.

게다가 이곳은 일전 혈마곡을 찾을 때와 비슷할 정도.

다시 말해 북해의 끝자락에 아주 가까운 곳이 분명했다.

"동굴의 흔적은 이곳까지 사냥을 나왔던 자들이 쉬었다가 간 흔적이었나."

그제야 동굴 안의 흔적들이 무엇인지 깨달은 휘는 잠시 눈폭풍을 바라보다 동굴 안으로 들어왔다.

춥지는 않다곤 하지만 앞도 제대로 보이지 않는 지금.

굳이 움직일 필요가 없었다.

최소한 폭풍이 가시고 자신이 가야 할 방향을 확실히 확인하고 움직이는 편이 나았다.

자칫 길을 잃을 경우 한참을 헤맬 수도 있는 곳이 바로 이곳이니까.

휘이이잉!

쿠쿠쿠.

거친 소리를 뒤로 하고 휘는 동굴 안쪽으로 들어가 자리에 누웠다.

바닥과 공기가 전부 차가워 인간이 살기 어려울 정도였지만, 개의치 않았다.

추위를 느끼려 했다면 진즉 느꼈을 테다.

아직까지 추위를 느끼지 못한다는 것은 이 정도는 얼마든지 견대 낼 수 있다는 것이다.

만약의 경우엔 내공을 쓰면 되는 일이고.

어차피… 쌓이고 쌓인 것이 내공이었다.

"다시 시작이다."

눈을 감은 휘의 입이 호선을 그린다.

밤이 되자 언제 그랬냐는 듯 깨끗한 밤하늘이 드러난다.

별이 반짝이는 하늘을 보며 방향을 가늠한 휘의 움직임에 거침이 없다.

쐐애애액!

허공을 가르며 엄청난 속도로 움직이는 휘의 뒤로 얼음가루가 휘날린다.

사람이 살지 않는 이곳에서 다른 사람들의 눈을 신경 쓸 필요는 없기에 휘는 힘을 제어하지 않고 풀어냈다.

'간접적으로 나마 힘을 시험해 볼 수 있는 좋은 기회야.'

파팍!

쩌저적!

강하게 발을 내딛자 수천 년.

아니, 어쩌면 몇 만 년은 그 모습을 유지하고 있었을 지도 모르는 얼음의 대지에 금이 쩍쩍 간다.

하지만 그때마다 그의 신형은 쭉쭉 앞으로 뻗어 나간다.

'확실히 기의 수발이 자유롭다. 몸과 내공이 내 의지대로 완벽하게 맞아 떨어지는… 이것이 환골탈태인가.'

환골탈태를 깨달은 것은 제법 되었지만 제대로 몸을 써 본 것은 이번이 처음이기에 휘는 진심으로 감탄하지 않을 수 없었다.

그리고 왜 수많은 무림인들이 환골탈태를 꿈처럼 여기는 것인지 알 수 있었다.

이전의 몸이 좁은 오솔길을 나귀를 타고 움직이는 것이었다면 지금은 드넓은 관도를 천리명마를 타고 쾌속으로 움직이는 것과 다르지 않았다.

전과 비교 할 수 없을 정도로 강력해진 것이다.

연신 자신의 몸에 감탄하며 빠른 속도로 움직이던 그때 저 멀리 휘의 기척에 걸려드는 이들이 있었다.

'북해빙궁인가?'

무림인이었다.

북해이니 빙궁 무인들이라 생각했지만 곧 생각을 달리해야 했다.

놈들에게서 느껴지는 마기와 근 이백에 이르는 무인의 숫자. 결코 좋은 의도로 북해를 찾은 것 같지 않은 그들은 휘가 남쪽으로 향하는 것과 달리 서쪽을 향해 움직이고 있었다.

그것도 최대한 은밀하게.

휘이잉-.

때마침 눈보라가 불어오기 시작하자, 휘의 뒤편으로 피어오르던 얼음가루들이 자연스럽게 숨겨진다.

"쯧."

결국 멈춰서는 휘.

멈춰서기 무섭게 눈보라가 휘를 덮치지만 휘는 개의치 않았다. 오히려 눈보라를 자신의 편으로 삼아 놈들을 향해 다가간다.

"눈보라인가? 이곳에서 휴식을 취한다!"

"명!"

파바밧. 스슥.

그의 명령이 떨어지기 무섭게 수하들이 익숙하게 얼음을 자르더니 순식간에 얼음으로 만든 집을 만들어 낸다.

북해인들이 추위를 버티기 위해 만드는 것인데 그것을 흉내낸 것이다.

다만 다른 것이 있다면 무공을 사용해서 순식간에 만들어 낸다는 것뿐.

휘이이잉!

얼음집 안에서도 눈보라의 강력함은 충분히 체감 할 수 있었다.

얼음집 자체가 흔들릴 정도로 강한 바람이 연신 불어치고 있었으니까.

"앞으로 얼마나 남았지?"

수라혈검 장수로의 물음에 수하 중 하나가 즉시 답했다.

"앞으로 하루면 도착할 것으로 예상됩니다."

"예상이라는 것은?"

"지금 같은 눈보라를 만났을 때를 가정한 것입니다."

"눈보라만 아니라면 하루면 도착한다는 소리로군."

손으로 턱을 쓰다듬는 그.

덥수룩하게 자란 수염이 손을 스칠 때마가 기묘한 느낌
이 나지만 그것이 마음에 든 듯 연신 손을 놀린다.

"도착하는 즉시 행동에 돌입한다. 하루라도 빨리 일을
끝내고 따뜻한 곳으로 돌아가고 싶으니."

"그리 전하겠습니다."

수하들 역시 마찬가지였던지 즉시 대답한다.

월각의 무인들인 그들이 이곳 북해까지 온 이유는 하나.

북해빙궁을 침묵시키기 위해서였다.

중원을 침략했던 놈들이 왜 물러섰던 것인지는 그들로선
알 수 없지만 차후 귀찮은 일을 막기 위해 그들을 아예 침
묵시키기로 결정한 것이다.

그리하여 월각의 무인 이백 명이 투입된 것이다.

월각 무인 백이면 어지간한 문파는 큰 피해도 없이 멸문
을 시킬 수 있을 정도로 강력한 전력이다.

북해가 빙궁의 영역이라곤 하지만 이백이나 되는 숫자의 월각 무인이라면 약해진 빙궁을 무너트리고도 남음이 있었다.

혹시나 모를 숨겨진 전력에 대비하여 무려 이백이나 되는 숫자를 보낸 것이고.

특히 이들을 인솔하고 있는 수라혈검 장수로는 월각 안에서도 손에 꼽는 고수로 일각에 들어갈 능력이 됨에도 불구하고 월각에 남은 자였다.

"목표를 잊지 말도록. 제일 좋은 것은 빙궁의 멸문이지만 차선은 당분간 일어서지 못하게 만드는 것이다. 대업을 앞두고 있는 지금 무모하게 움직일 필요는 없다."

"저희가 무모하게 움직일 전력이 놈들에게 있을지 모르겠습니다."

"뭐, 그거야 그렇지."

수라혈검의 가벼운 농담에 모두가 웃는다.

"재미있네…."

연신 몰아닥치는 눈보라 때문에 코앞에서 소리를 질러도 들리지 않는 이곳에서 휘는 용케도 놈들이 얼음집 안에서 이야기하는 것을 완벽하게 듣고 있었다.

한참을 듣다가 더 이상 들을만한 내용이 없다는 사실에 느긋하게 주변을 둘러보는 휘.

새하얀 장막의 눈보라를 뚫고 십여 개의 얼음집을 바라
보던 휘가 느긋하게 몸을 움직인다.

휙.

'일월신교에서 빙궁을 배제하기로 마음먹었다면 그걸
적당히 방해하고 내 쪽으로 끌어들이는 것도 나쁘지 않겠
어. 그렇게 나쁜 관계는 아니니 더 괜찮겠어.'

비록 빙궁이 중원을 침략한 전적이 있다곤 하지만 이미
지나간 일이다.

게다가 그 뒤로 자신의 중계로 서로 얼굴 붉히는 일도 없
었고.

저들에 대한 것을 미리 빙궁에 알리고, 빙궁을 자신의 편
으로 끌어들인다면 휘로선 아주 좋은 일이었다.

천마신교, 봉황곡에 이어 또 하나의 비수가 생기는 셈이
니까.

더욱이 휘가 파악하기로 빙궁의 전력은 결코 약한 것이
아니다.

소수마녀에 궁주인 빙백후(氷魄后) 단가경까지.

두 여인의 능력만 하더라도 출중하다 못해 넘치는 감이
있었다.

'일단 움직여 볼까.'

휘휙!

움직이는 속도를 높인다.

여전히 거대한 성벽을 자랑하는 북해빙궁.

며칠 전부터 북해에 몰아닥친 폭풍에 수많은 이들이 궁 안으로 피신해 있는 상태였다.

"식량은?"

"문제없습니다. 폭풍이 몰아치기 전에 중원에서 도착한 것이 천운이었습니다."

"전의 것과 합치면 제법 비축이 되지 않았어?"

빙궁주 단가경이 얼굴을 찡그리며 묻자 염경이 한숨을 내쉰다.

"그동안 북해 주민들이 먹는 것이 극히 좋지 않았기 때문에 초반에 좀 과하게 풀었던 것이…."

"끄응. 내가 내린 명령이었지."

손으로 이마를 짚는 그녀.

중원에서 꽤 많은 것들을 가지고 돌아오자마자 그녀는 아낌없이 그것들을 북해의 주민들을 위해 풀었다.

오랜 시간 제대로 먹질 못한 주민들을 위한 배려였다.

물론 그 뒤에는 중원에서 올 식량이 있기에 믿고 행동한 것이었는데, 이 같은 폭풍이 연신 올 것이라곤 예상치 못했다.

"폭풍이 치기 전에 식량이 들어온 것을 다행으로 여겨야지요. 만약 이것도 들어오지 못했다면…."

부르르!

뒷일은 생각하기도 싫다는 듯 몸을 떠는 염경.

그것은 단가경 역시 마찬가지였다.

게다가 빙궁주로서 북해의 주민들을 챙겨야 하는 것이 그녀의 입장이지 않던가.

자신의 판단이 잘못되어 수많은 주민들이 죽었다면 그 죄책감은 말로 다 할 수 없었을 것이다.

"중원은?"

"복잡하게 돌아간다는 것 같습니다. 저희야 그쪽으로 움직일 일이 없으니 주시만 하고 있습니다만…."

"일월신교 놈들이 승자가 된다면 우리도 그냥 있을 순 없겠지. 이곳으로 쳐들어오는 것이 쉽진 않겠지만 아예 가능성이 없는 것도 아니니까."

"그렇다고 당장 저희가 할 수 있는 일이 있는 것도 아닙니다."

염경이 거기까지 이야기 했을 때다.

"아주 없는 것도 아니지."

"누구냐!"

스르륵.

그의 말을 끊으며 사내의 목소리가 들려왔고 두 사람이 깜짝 놀라며 자리에서 일어서는 찰나.

휘가 모습을 드러낸다.

"당, 당신은?"

환골탈태를 겪으며 제법 달라졌지만 유일하게 크게 바뀌지 않은 부분이 얼굴이었다.

아예 바뀌지 않은 것은 아니었으나 그 얼굴을 알아보지 못할 정도는 아닌 것이다.

"오랜만이로군."

"당신이 왜 이곳을?"

"게다가 이곳은…."

단가경이 궁금증을 드러낼 때 염경은 휘가 빙궁 최고의 심처인 이곳에 발을 들였다는 것에 화를 내려 했지만 그보다 먼저 휘가 고개를 숙였다.

"우선 말도 없이 이곳까지 들어온 것은 사과를 하지. 그렇다고 일일이 보고를 거치면서 이곳까지 오기엔 시간이 촉박해서 말이야."

"우리는 약속을 지키고 있어요. 그쪽에서 우리를 찾을 이유는 없다고 보는 데요?"

단가경의 날카로운 물음에 휘는 당연하다는 듯 고개를 끄덕인다.

"그쪽에서 잘못했기 때문에 찾아 온 것이 아냐. 어쩌다 보니 북해에 오게 되었고, 그 과정에서 반갑지 않은 자들을 보는 바람에 알려주러 왔지. 솔직히 그냥 갈까도 고민했는데… 그러기엔 무고한 자들의 피가 너무 흐를 것 같아서 말이야."

"무고한 피?"

"무인들의 싸움에 휘말린 범인들은 좋든 싫든 다치기 마련이지. 때론 목숨을 잃기도 하고 말이야."

"적이… 오고 있다는 건가요?"

그녀의 물음에 휘는 웃으며 답했다.

"정답. 일월신교. 놈들이다."

달칵.

조르르륵.

휘의 앞에 뜨거운 차가 주어지고 말없이 차를 홀짝이는 휘.

그의 앞으론 단가경과 염경.

그리고 수련을 마치고 씻고 이곳을 찾은 양소진이 앉았다.

휘와 달리 세 사람은 자신의 앞에 놓인 차에 손을 대지 않았다. 그만큼 휘가 가져온 소식이 좋지 않기 때문이다.

"일월신교가 정말 이곳까지 온단 말인가요?"

"놈들의 입장에서 보자면 빙궁은 귀찮은 존재에 불과하니까. 나중에 정리하나, 지금 정리하나 똑같다면 좀 더 편한 쪽에 손을 들어 주겠다는 거지."

"본궁의 전력은 결코 약하지 않아요."

"약해."

"……."

단호한 휘의 말에 단가경은 할 말을 잃었다.

한편으론 휘의 말을 반박 할 수 없었다.

과거와 비교 할 수 없을 정도로 약해진 것은 사실이고, 잃어버린 힘을 재건하기 위해 수많은 노력을 하고 있다는 것도 사실이니까.

다만 그 성과가 지지부진 할 뿐.

"지금 이곳으로 오고 있는 놈들은 일월신교의 다섯 기둥으로 불리는 오각 중에서 두 번째 서열을 가지고 있는 월각의 정예들이야. 그들 백명만 있어도 어지간한 대형 문파는 손실 없이 박살을 낼 수 있는데, 그런 놈들이."

슥.

손가락 두 개를 펼쳐 보이는 휘.

"이백."

"으음…!"

"놈들이 작정하고 덤빈다면 빙궁이라도 버티기 어렵겠지."

"후우…! 단순히 그걸 알려주시기 위해서 오신 것은 아니겠지요?"

한숨을 내쉬며 묻는 그녀의 말에 휘는 씩 웃었다.

"도와주지. 그 대가는… 내가 부르면 빙궁 무인들을 동원해줘야 하겠어."

"…조건은요?"

"난 일월신교 놈들을 박살내버릴 생각이거든. 때를 맞추어 너희가 움직여주면 놈들의 뒤통수를 시원하게 때릴 수 있을 것 같아서 말이야."

"저희는 약해요."

방금 전 휘의 말을 그대로 사용하는 그녀를 향해 휘는 피식 웃으며 계속해서 말을 이었다.

"맞아. 약하지. 그래서 너희끼리만 움직이라는 건 아냐. 너희가 움직이게 되면 나와 뜻을 함께하는 다른 곳도 움직인다. 그들과 보조를 맞추면 돼. 그것이 내가 바라는 전부지."

"으음."

휘의 말에 얼굴을 찡그리는 그녀.

빙궁주인 그녀의 입장에선 휘의 말을 그대로 믿기도, 믿지 않기도 어려웠다.

게다가 거절하는 것도 쉽지 않은 일이다.

약속이 어찌되었건 북해에 식량을 공급하고 있는 것은 바로 그이지 않은가.

'약속을 어길 사람으로는 보이지 않지만… 쉽게 결정할 일이 아니야.'

"잠시 생각해봐도 될까요?"

"물론. 필요하다면 자리를 지켜주지."

"그래주시면 감사하겠어요. 쉴 곳을 마련해 드리죠."

말이 끝나기 무섭게 그녀는 작은 종을 흔들었고, 빙궁의 시녀가 들어와 휘를 귀빈이 머무는 곳으로 안내한다.

휘가 떠나고 자신들끼리 남고 나서야 입을 여는 세 사람.

"믿을 수 없는 이야기입니다. 하지만 믿을 수밖에 없는 것이 본교의 처지입니다."

의외로 염경이 빙궁의 현실을 직시하며 이야기했고, 단가경은 그의 말에 고개를 끄덕이는 것으로 동의했다.

"우리가 생각했던 것보다 일월신교의 행보가 더 빠르고 거침없어. 이대로 그의 제안을 거절 하더라도 언젠가 놈들은 본궁을 노리고 달려오겠지."

"막아내도, 막지 못해도 문제로군요."

얼굴을 찌푸리는 염경.

그 말처럼 놈들을 막아낸다고 한들 막대한 피해를 입을 것은 뻔 한 일이다. 지금 빙궁 상황에서 큰 타격은 북해 전체의 몰락을 가져 올 수도 있었다.

못 막아 낸다면 더 큰일인 것이고.

"결국 도움을 청할 수밖에 없다는 거네…."

아무리 머리를 굴려 봐도 방법은 하나 뿐이었다.

물론 일월신교와 손을 잡는다는 선택지도 있지만, 이야기도 하기 전에 무인부터 투입한 놈들을 믿을 수는 없는 일.

선택지가 없었다.

그때 조용히 듣고만 있던 양소진이 입을 열었다.

"그와 손을 잡아도 괜찮을 것 같아."

"응?"

그제야 두 사람의 시선이 그녀를 향하고.

"그가 강하다는 것은 이전에도 느꼈었어. 그런데 지금은… 느껴지지 않아. 어떤 것도."

"…그러고 보니."

그제야 단가경은 소진의 말처럼 그에게서 어떠한 느낌도 받지 못했다는 것을 깨달았다.

"그 짧은 시간에 그는 상상도 할 수 없을 정도로 강해졌어. 솔직히 말해서… 내가 익히고 있는 소수마공의 끝을 본다고 하더라도 그를 이길 수 없을 것 같아. 솔직하게 말해서."

자신의 말을 끝내곤 입을 닫는 소진을 보며 단가경의 얼굴이 심각해진다.

소진이 익힌 소수마공은 익히기 어려운 만큼 막대한 힘을 발휘하는데, 소진은 오랜 소수마공의 역사 속에서 주화입마에 걸리지 않고 제 힘을 온건히 발휘하는 몇 안 되는 계승자 중의 하나.

당장 빙궁 안에서도 서열을 따진다면 자신과 비등할 정도였다.

그렇기에 그녀의 말에 거짓이 없음을 알 수 있었다. 그녀만 하더라도 휘를 상대로 싸우라고 한다면 답이 없을 정도였으니까.

"어쩌면 다 알고서 이곳을 찾았을 수도 있겠네."

"그가 무리한 것을 요구하지 않기를 바라는 수밖에 없겠군요."

"이미 무리한 요구를 했잖아. 중원으로 가야 한다는 뜻이니까."

"아…."

"쉽지 않은 일이 되겠지만… 어쩔 수 없는 일이야. 앉아서 당하느니 어떻게든 한 방 먹이는 것도 나쁘지 않을 테니까. 우리와 함께 보조를 맞출 자들의 실력이 좋기를 바라는 수밖에 없겠지."

결정을 내린 그녀가 자리에서 일어서자 두 사람 역시 일어섰다.

그리고 곧장 휘와 만나 자신들의 결정을 알렸고, 웃으며 휘는 놈들의 위치를 알렸다.

하루도 걸리지 않는 거리까지 놈들이 접근했다는 사실에 단가경들은 다시 한 번 깜짝 놀라야 했다.

적어도 빙궁에서 열흘 안의 거리는 제법 꼼꼼하게 감시되고 있는데고 불구하고 이백이나 되는 인원이 모두의 눈을 가린 것이다.

만약 휘와 손을 잡지 않았다면 놈들의 공격이 시작될 때까지 몰랐을 확률이 대단히 높았다.

❖

밤이 깊은 시각.

북해의 밤은 사람이 돌아다니기 어려울 정도로 춥다.

이는 아주 짧은 여름에도 마찬가지라 북해의 사람들은 일찍자고 일찍 일어나는 것이 습관화 되어 있을 정도다.

그렇기에 빙벽의 안쪽으론 불이 들어와 있는 집이 거의 없었다.

스슥, 슥.

가벼운 몸놀림으로 지붕을 밟으며 빠른 속도로 내성의 빙궁을 향해 이동하는 자들.

그믐달이 뜬 밤.

그나마도 구름에 가리어진 때를 놓치지 않고 그들은 이동을 하고 있었고, 빙궁의 무인들은 그들을 잡아내지 못했다.

애초에 그 실력 차이가 컸던 탓이기도 하지만 빙벽 내부에 대해선 감시체제가 느슨하게 돌아간 탓이 제일 컸다.

덕분에 월각 무인들은 허술함을 타고 단숨에 내성에 접근 할 수 있었다.

굳게 닫힌 외성의 문과 달리 활짝 열려 있는 내성의 문.

문을 지키는 사람도 없을 정도로 무방비한 모습에 수라혈검은 비릿하게 웃으며 손가락을 움직인다.

그의 신호가 떨어지기 무섭게 안쪽으로 향하는 수하들.

– 아무도 없습니다.

순식간에 문을 확보한 수하들에게 전음이 날아들자 그제야 수라혈검은 본대를 이끌고 안으로 향한다.

'아무리 안방이라곤 하지만 이렇게까지 허술할 줄이야. 과할 정도로 많이 데려왔군.'

지난번 중원에서 있었던 일을 생각하며 제법 인원을 데리고 왔었는데, 직접 와보니 그보다 못했다.

이는 둘 중의 하나다.

중원 놈들이 약했거나, 빙궁 놈들이 안방이라 방심하고 있거나.

어느 쪽이든 상관 없었다.

어차피 오늘 빙궁은 지워지게 될 테니까.

그렇게 모두가 내성으로 들어간 그 순간이었다.

그긍–!

쾅!

돌연 성문이 굉음과 함께 빠른 속도로 닫힌다.

뿐만 아니라.

화르륵!

화륵!

어떤 인기척도 느껴지지 않던 내성 성벽 위로 수많은 이들의 인기척이 난다 싶더니 어둠을 밝히는 횃불이 곳곳에 들어선다.

약간의 어둠이 있는 곳엔 기름을 듬뿍 적신 횃불을 던져 빛을 밝힌다.

어디에도 빈틈을 두지 않겠다는 듯.

"하! 이거 당했군."

함정에 빠진 것임에도 불구하고 수라혈검의 얼굴 위엔 여유가 가득했다.

그의 수하들 역시 마찬가지다.

오히려 따분하던 찰나에 잘 되었다는 감정이 얼굴 위로 고스란히 드러나고 있었다.

왜 그렇지 않겠는가?

모습을 드러낸 자들 중에 고수라 부를 수 있는 자들이 없음이니.

빙궁 무공에 대한 주의사항은 이미 충분히 알고 있다.

스릉, 스르릉!

수라혈검을 시작으로 일제히 자신의 무기를 손에 쥐기 시작하는 월각의 무인들.

흉흉한 기세가 삽시간에 내성 안으로 번지고.

"거기까지!"

단호한 목소리와 함께 빙궁주 단가경이 좌우로 염경과 양소진을 대동하고 모습을 드러낸다.

"궁주님을 뵙습니다!"

쩌렁쩌렁-!

내성 안을 가득 울리는 수하들의 인사를 뒤로하고 그녀의 시선은 놈들을 향한다.

"그대들은 누구인가! 감히 본궁에 침입한 의도가 무엇인가!"

"계집이 말이 많은 편이로군."

"뭐라?!"

"싸움은 손으로 하는 것이지 입으로 하는 것이 아니란다! 계집이면 계집 답… 큭!"

쩡!

말을 하다 말고 재빨리 자신의 검을 휘두르는 수라혈검.

그 순간 강한 충격과 함께 손을 타고 전해지는 냉기에 이를 악문채 두어 걸음 물러선다.

웅, 우웅.

"그 입. 다시 놀려 보거라."

차가운 눈으로 수라혈검을 바라보는 그녀의 두 손에 선명할 정도로 맺혀든 하얀 기운.

"북해빙공(北海氷功)?"

"그렇다. 이것이 천하제일빙공! 북해빙공이다."

그녀의 외침에 수라혈검의 입가에 미소가 맺힌다.

"재미있겠군."

따분하기만 하던 임무에 즐길 거리가 생겼다는 것에 그는 아주 만족하며 숨겨왔던 기운을 풀어낸다.

고오오오.

막대한 마기가 단숨에 내성을 휘감고.

수라혈검 뿐만 아니라 그 수하들에게서도 흘러나오는 막대한 기운에 압도된 빙궁 무인들이 주춤거리며 물러서는 모습이 연신 보인다.

그만큼 월각 무인들의 수준이 높다는 것이다.

"흐흐, 그럼 시작해…."

"이제 내 차례인가?"

"누구냐!"

자신의 말을 끊는 것도 모자라 사방으로 퍼져가던 마기를 단숨에 흩어 버리는 사내의 등장에 수라혈검의 아미가 높아지고.

느긋한 발걸음으로 휘가 단가경의 뒤에서 모습을 드러낸다.

"넌 내 이름을 알 자격이… 없어."

휘가 혀로 입술을 훑으며 비릿하게 웃는다.

暗石黑影
归　74 章

"이… 렇게…."

털썩!

허무한 눈으로 휘를 보다 쓰러지는 수라혈검.

그의 심장을 꿰뚫었던 혈룡검을 아무렇지 않게 회수하는 휘의 몸엔 피 한 방울 묻어 있지 않았다.

수십 명의 목을 베었는데도 피 한 방울, 땀 한 방울 흘리지 않는 그 모습은 괴이할 정도라 지켜보고 있던 빙궁 무인들이 주춤거리며 휘와 거리를 벌릴 정도였다.

"대체…!"

벌어지는 입을 다물지 못하는 단가경과 염경.

그에 반해 양소진은 놀란 것 같긴 했지만 어느새 침착한 얼굴로 휘를 보고 있었다.

저들의 눈이 부담스럽긴 했지만 그와 별개로 아주 만족스러운 휘였다.

이전에도 저들을 상대 할 수는 있겠지만 이렇게 깔끔하고 빠르게 처리 할 순 없었을 것이다.

헌데 이번엔 큰 힘을 들이지 않았음에도 불구하고 놈들의 목을 벨 수 있었다.

힘을 제어했으니 이 정도지 그렇지 않았다면 움직이는 것과 동시 놈들의 목을 베어냈을 것이다.

한 놈도 남기지 않은 채.

'이전과 비교하는 것이 무의미한 수준인데? 나쁘지 않아.'

일이 이렇게 되니 빙궁으로 오길 잘했다.

빙궁을 한편으로 끌어 들였을 뿐만 아니라, 실전을 통해 몸 상태를 확실히 알 수 있었다.

그래봐야 다시 한 번 자신의 몸 상태에 놀라는 것뿐이지만.

'빙궁이 배신을 할 걱정은 확실히 덜겠네.'

자신을 바라보는 시선이 마음에 들지 않지만 한편으론 괜찮다고 여겼다.

자신에 대한 공포심을 가지고 있다면 앞으로 어떤 일이

있더라도 배신 할 생각을 하지 못할 것이다.

중요한 순간에 배신을 해버린다면 그것도 문제이지 않은가.

의도했던 것은 아니지만 이번 일로 인해 배신의 걱정을 든다면 그것으로도 충분했다.

아직도 놀란 눈으로 자신을 바라보는 단가경을 보며 휘는 말했다.

"우선… 다시 조용한 곳으로 자리를 옮기지."

조르륵.

달칵!

"후…! 나쁘지 않군."

정석으로 가득한 방 안에서 소리를 내는 것은 휘 밖에 없었다.

자신의 앞에 놓인 차를 연신 비우는 휘와 달리 단가경들은 차에 손을 대지도 않았다.

여유를 가질 틈도 없었다.

그만큼 방금 전 휘가 보인 능력은 전율스러운 것이었다.

"어… 쩌면. 당신 혼자서도 본궁을 지울 수 있겠군요."

"뭐, 딱히 못 할 것도 없긴 하지."

"후우."

휘의 긍정적인 대답에 단가경은 크게 한 숨을 내쉰다.

그리고 자신이 그와 대적하지 않았음에 감사했다.

만약 서로 간에 돌이킬 수 없는 척을 졌다면, 어쩌면 빙궁이 지워질 수도 있었던 일이었다.

굳이 휘가 아니더라도, 일월신교 놈들의 행태를 떠올린다면 언젠가 그렇게 될 수도 있었다.

"선택지가… 아예 없군요."

그녀의 말 대로였다.

나름의 선택지가 있을 것이라 여겼는데 알고 보니 선택지는 존재하지 않았다.

할 수 있는 것이라곤 오직 하나.

휘와 손을 잡는 것 뿐.

일월신교가 먼저 대화를 걸었다면 모르겠지만 그러지 않은 시점에서 이미 빙궁에겐 선택지가 없어진 것이나 마찬가지.

이젠 빙궁도 살기 위해선.

빙궁의 역할을 다하기 위해선 휘와 손을 잡아야 했다.

진심으로 말이다.

"그렇기는 하지. 하지만 지금 상황에서 나와 손을 잡는다는 것은 그리 나쁜 선택은 아닐 텐데? 저쪽하곤 이미 틀어져 버린 상태니까."

"하아… 어쩔 수 없죠. 좋아요, 그쪽 말대로 하도록 하죠."

"탁월한 선택이야. 내가 원하는 것은 앞에도 말했지만 하나뿐이야. 내가 원하는 시기에 빙궁이 움직여 줄 것."

"딱 한 번뿐이에요. 본궁엔 여러 번 움직일 정도로 많은 여력이 없어요."

"한 번이면 충분해."

웃으며 대답하는 휘.

그 얼굴을 보며 단가경은 긴 한숨을 내쉰다.

'이 선택이 앞으로 좋은 길로 이어지길 바라는 수밖에.'

그녀로서도 이젠 어쩔 수 없는 일이었다.

그저 빙궁이 가야하는 길에 조금이라도 더 도움이 되길 하늘에 비는 수밖에.

파바밧!

북해의 대지를 빠른 속도로 달려 나가는 휘.

어찌나 빠르게 움직이는 것인지 그의 뒤로 얼음가루가 피어오른다.

멀리 사라지는 휘의 모습을 빙벽 위에서 지켜보던 단가경이 옆에 서 있는 소진을 향해 물었다.

"이길 수 있을까?"

"몰라. 연이 닿질 않았다면 모를까, 연이 닿아버린 이상 이젠 이기길 바래야지. 그래야… 북해빙궁이란 이름이 유지가 될 테니까."

"그래, 그래야지."

쓰게 웃는 단가경.

빙궁의 존재는 단순히 무림세력이라 부르기 어렵다.

북해에서 힘들게 살아가는 자들의 든든한 아버지이자, 집이자, 가족이었다.

그 존재의의가 북해의 수호를 위함이니.

북해의 수많은 주민들을 위해서라도 빙궁은 굳건히 자리를 지키고 있을 필요가 있었다.

❖

'내부에 적이 없을 것이라 생각한 적은 없지만… 이건 너무하구나.'

난장판이 되어버린 대회의장을 보며 신묘는 쓰게 웃었다.

정도맹이 결성되고 시간이 제법 흘렀음에도 불구하고 아직도 정도맹주의 자리가 결정되지 않고 있었다.

괜찮다 싶은 인물들은 스스로 거절하고, 하다못해 겨우겨우 선정을 끝냈다 싶으면 내부 회의를 통과하질 못한다.

공식적으로 정도맹주가 가질 수 있는 권한은 그리 많지 않지만, 맹주라는 자리로 인해 얻을 수 있는 유무형의 이득은 상상을 초월한다.

그러다 보니 자신들에게 유리한 자가 아니면 아예 동조를 하지 않으려 하는 것이다.

맹주의 자리가 비다보니 정도맹이 제 역할을 할 수 있을 리가 없다.

그나마도 버티고 있는 것은 신묘의 능력 덕분.

군사 자리에 그가 오르지 않았다면 벌써 정도맹은 공중 분해가 되고도 남았을 것이란 것이 중론이었다.

'그래도 다행인 것은 슬슬 윤곽이 보이기 시작한다는 것 인가. 충격적이로군. 놈들의 뿌리가 각 문파의 수뇌층에까 지 번져 있다는 것은.'

미리 들어서 각오를 다지곤 있었지만 그 실체를 확인하 자 신묘는 아주 잠시 무림에 대한 회의감을 느꼈다.

대체 왜 자신이 잠을 줄여가며 이런 고생을 해야 하는 것 인지 이해 할 수 없었던 것이다.

물론 금세 정신을 다잡기는 했지만.

'역시 그분 밖에 없는데….'

시끄러운 회의장을 조용히 벗어나며 신묘가 떠올리는 단 한사람.

바로 검제였다.

검제라면 저 시끄러운 자들의 입을 닥치게 만들 수 있는 최고의 패였다.

하기 싫다는 것을 꾸준한 설득으로 겨우겨우 되었다

싶었던 그 순간.

'사고가 났었지. 쯧!'

암문주의 행방불명.

일월신교의 고수와 치열한 싸움 끝에 거대한 폭발과 함께 사라진 그를 어떻게든 찾기 위해 노력했지만 헛수고였다.

그나마 시신을 찾지 못했기에 살아있을 것이란 기대를 할 순 있었지만, 워낙 엄청났던 폭발이기에 어쩌면.

어쩌면 그 흔적조차 사라졌다는 판단도 하지 않을 수 없었다.

'그날 있었던 폭발은 인위적인 것이었다. 문제는 대체 왜 그런 폭발이 있었던 것인지 알 수 없다는 것과, 어떤 종류의 것인지 모른다는 것이겠지.'

다른 자들은 몰라도 머리를 써야 하는 신묘의 입장에서 그날 폭발을 일으킨 물건의 정체는 꼭 밝혀야 했다.

무림인들간의 싸움에서 폭탄이 등장을 한 적은 손에 꼽는다. 아니, 폭탄을 쓰는 자들을 무인으로 인정하지 않았기 때문에 더 그럴 수도 있었다.

문제는 이 폭탄이라는 것이 언제 어떻게 쓰이느냐에 따라 어마어마한 숫자의 생명을 앗아 갈 수 있다는 것.

특히 이번 폭발을 일으킬 정도의 물건이라면 더욱 그렇다.

정체를 밝혀내기 위해 여러 각도로 정보를 수집하는 한편, 과거 기록들까지 들춰내었지만 알 수 있던 것은 없었다.

작은 단서도 없는 상황이다 보니, 제 아무리 신묘라 하더라도 손을 놓을 수밖에.

어쨌거나 중요한 것은 그날 이후 검제가 칩거에 들어갔다는 것이다.

맹주의 자리를 걷어차고 말이다.

'어떻게든 설득을 해야 하는데… 쉽지가 않으니.'

그나마 다행이라면 소림과 무당의 지지가 있다는 것이다.

구파일방의 기둥인 두 문파가 은밀히 검제를 지지하고 있을 뿐만 아니라, 내부적으로 간자를 색출해 내고 있었다.

이는 검제가 칩거에 들기 전에 알려준 것으로 이미 두 문파에선 내부적으로 간자 색출을 완료하고 놈들을 쳐낼 기회만 엿보고 있는 중이었다.

워낙 뿌리 깊게 파고든 놈들이라 어설프게 처리했다간 제 아무리 소림과 무당이라도 휘청일 수 있었다.

그렇기에 조용히 기회만 노리는 것이다.

자신들의 눈을 피한 놈들이 있는지를 주시하면서.

이런 사실을 알기에 검제는 어떻게든 하루라도 빨리 맹주의 빈자리를 채우고 싶었지만 그러질 못하니 답답하기만 했다.

더욱이 이젠 사황련이란 정도맹에 버금가는 단체가 있지 않은가.

　당장 그 힘은 정도맹에 비할 바가 아니지만 숫자로만 따지면 정도맹의 수배는 될 정도로 많은 인원을 유지하고 있었다.

　힘이 떨어진다고 하지만 숫자로 그걸 해결 할 수 있을 정도니 사파가 안정을 이루고 고수의 숫자가 늘어나면 정도맹을 위협할 것이 분명했다.

　'지금부터 확실한 기틀을 세우고 대비를 해야 하는데… 내 손에서 처리 할 수 있는 것도 한계가 있음이니. 답답하군. 답답해.'

　여러모로 상황이 좋지 않았다.

　당장 일월신교 놈들이 움직이지 않는 것도 기분이 좋지 않았다.

　마치 폭풍전의 고요라고나 할까.

　'그래도 해야 할 건해야 하겠지.'

　그저 신묘가 할 수 있는 것이라곤 언제든 맹주가 정해졌을 때를 대비해 여러 가지를 준비하는 것뿐이었다.

　노구를 이끌고 그가 집무실로 향한다.

　밤이 깊었지만 모용혜의 방은 불이 꺼질 줄 몰랐다.

"이건 아니고, 이것도 아니고."

각지에서 올라오는 정보들을 빠르게 취합하여 하나의 그림을 그려내는 것이 그녀가 맡은 임무였다.

일월신교의 등장 이후 그녀에게 전달되는 정보의 양은 가히 상상을 초월할 정도였지만, 용케도 그것들을 취합하여 제대로 된 그림을 그려내고 있었다.

대체 어떻게 이럴 수가 있을까 싶을 정도로 그녀는 일에 매달리고 있었다.

휘가 행방불명이 된 이후엔 더욱 그런 기색을 비친다.

문제는 그녀뿐만이 아니라는 것이다.

암문 전체가 쉴 틈 없이 돌아가고 있었다.

외부 활동을 전혀 하고 있지 않지만 내부적으로는 활발하게 움직인다.

폐관수련실은 자리가 비기 무섭게 새로운 인원을 맞이하고, 각 연무장은 실전을 방불케 하는 수련의 연속이었다.

암영들 전체가 실력을 더 쌓기 위해 노력을 하고 있었다.

여기에 휘가 끌어들인 인원들도 거기에 동조해 수련을 하고 있음이니, 나중엔 얼마나 더 강해질 것인지 예측하기 힘들 정도였다.

누구도 휘가 죽었다고 생각하지 않았다.

시신이 발견 되지 않았을 땐 아예 확신을 했다.

그렇기에 휘에게 암문을 맡을 것을 지시 받은 백차강은

움직이지 않았다.

　만약 휘가 죽었다면 침묵을 유지 할 것이 아니라, 어떻게든 놈들에게 한 방 먹이기 위해 백방으로 뛰어 다녔을 것이지만 그것이 아닌 이상 전력의 손실을 최소화 하고 암영의 주인인 암군이 돌아왔을 때.

　더 강한 힘을 보여 줄 필요가 있다고 생각했다.

　그렇게 암문의 모두가 수련에 몰두하기 시작한 것이다.

　탁!

　마지막 서류를 끝으로 그녀가 기지개를 켜며 자리에서 일어선다.

　두둑, 뚝!

　굳었던 몸이 풀리며 고통과 상쾌함이 동시에 찾아들고.

　그녀의 발걸음이 벽에 걸린 중원 지도로 향한다.

　무림의 주요 문파들이 빼곡하게 적혀 있는 지도.

　이 지도 하나만 외우면 중원의 대형 문파들의 위치는 전부 알 수 있을 정도로 정교한 것이었지만, 익숙한 듯 그녀의 시선은 한 곳을 향한다.

　일월신교가 둥지를 튼 청해였다.

　"분명 뭔가를 준비하는 것은 확실한데…."

　올라오는 보고들이 이전과 달리 어지러웠다.

　다시 말해서 놈들이 이것저것 하는 것이 많아졌다는 것인데, 조용하던 놈들이 갑작스레 이런다는 것은 정보를 감추기 위한 책략일 가능성이 크다고 모용혜는 생각했다.

무엇을 노리고 있는 것인지는 알 수 없지만.

확실한 것은 이제 놈들이 다시 움직일 것이란 사실이다.

그렇지 않고서야 이런 짓을 벌일 이유가 없지 않은가.

청해를 코앞에 둔 사천의 경우 벌집을 건드린 것처럼 소란스럽기 그지없다.

이미 사천을 아니, 중원을 대표하는 문파 중 하나인 사천당가가 허무하게 무너지지 않았던가.

당가가 무너진 이후 사천에 뿌리를 둔 문파들은 외부로 내보냈던 제자들을 다급히 불러들이는 한편, 속가제자들에게도 비상령을 내려 동원하는 곳이 대부분.

덕분에 사천으로 흘러 들어가는 물자의 양은 어지간한 전쟁이 난 것보다 많았다.

'아직까진 관에서 지켜만 보고 있지만 대규모 싸움이 벌어지게 되면… 어쩌면 나설 수도 있다.'

모용혜가 지금 가장 경계하고 있는 것은 바로 관이 나서는 것이었다.

아니, 정확하겐 황제가 움직이는 것을 경계했다.

본래 관과 무림은 불가침의 관계를 유지하고 있다곤 하지만 대규모로 인원이 움직일 경우엔 때에 따라 관에서 제제를 하곤 했다.

이는 자칫 무림인들이 폭도로 변할 가능성을 아예 배제할 수 없었기 때문이다.

황궁에도 수많은 고수들이 있다고 하지만 무림인들의 숫자가 어디 좀 작은가.

일반 병사들은 상대도 되지 않을 정도의 실력을 지닌 그들을 제압하기 위해선 수많은 희생을 필요로 하는데 나라 안 밖으로 벌어지는 일들을 처리하는 것으로도 벅찬 관의 입장에선 될 수 있으면 부딪치고 싶지 않아했다.

덕분에 아직까진 아슬아슬 하지만 선이 유지되고 있지만 앞으로도 계속 지켜만 보고 있을 것이라 확신 할 수 없었다.

"다행이라면 신묘 어르신께서 발 빠르게 움직이셨다는 것이지만, 결국 일월신교의 움직임이 중요해지겠어."

신묘가 빠르게 움직여 고위 관리들에게 적절한 뇌물을 가져다줌으로서 일단 한숨 돌릴 수 있게 되었다.

물론 자신의 말처럼 일월신교의 움직임에 따라 어찌 될지는 알 수 없지만.

"지금의 전력으로 막아 낼 수 있을까?"

고민하는 모용혜.

사천에는 이미 정도맹의 정예가 청성과 아미의 사이에서 대기를 하고 있었고, 사황련 역시 끌어 모을 수 있는 모든 힘을 집결 하고 있었다.

툭 건드리면 쾅! 하고 터져버릴 것 같은 사천.

반대로 말하면….

"뒤가 텅 비었는데."

사천 뒤편으론 텅 빈 것이나 마찬가지라는 거다.

전력을 최대한 앞에 몰아 넣다보니 후방까진 신경을 쓰지 못하고 있는 것이다.

물론 각파에 진짜 정예들이 남아 있다곤 하지만 뭉쳐있지 않음이니 즉각적으로 대응하기엔 부족한 면이 있었다.

그나마 다행이라면 남궁과 모용은 최악의 경우를 미리 대비해 놓은 채 그 정예를 정도맹과 가까운 곳에 배치했다는 것이다.

굳이 정도맹으로 들어가도 되는 것을 그러지 않은 것은 정도맹의 판단이 아닌 자신들의 판단으로 빠르게 움직이기 위해서였다.

아무래도 정도맹으로 들어가게 되면 움직이는 것에 제한이 있으니까.

그로 인해 제법 많은 돈이 들어가고 있었지만 이에 대해선 천탑상회에서 전폭적인 지원을 해주고 있었다.

좋아해야 하는 일인지 알 수 없지만 청해와 사천으로 흘러가는 물건의 양이 어마어마했던 탓에 천탑상회가 벌어들이는 돈도 천문학적이었다.

그렇기에 천탑상회의 주인 파세경은 최소한의 이문을 제외하곤 모조리 무림에 투자를 하고 있었다.

특히 자신들과 인연을 맺은 곳이라면 더욱 공격적으로.

"어렵네, 어려워."

지도를 한참 바라보던 모용혜가 한숨과 함께 다시 자신의 자리로 돌아간다.

들어오는 정보는 많지만 정작 필요로 하는 것은 거의 없다.

그러다 보니 그녀로서도 앞으로의 일을 예측하는 것에는 한계가 있었다.

원했던 것은 아니지만 그동안 휘가 해 온 일들이 새삼 대단하게 생각되는 것과 동시 자신의 부족함을 뼈저리게 느끼고 있었다.

"우선은 내가 할 수 있는 것만."

그래도 그녀는 포기하지 않았다.

지금은 자신이 할 수 있는 일에 최선을 다해야 할 때라는 것은 누구보다 모용혜 본인이 잘 알고 있었으니까.

암문은 지금 자신의 무기를 갈고 닦고 있는 중이었다.

언젠가 비상하기 위해서.

그때를 위해선 그녀도 노력해야 할 필요가 있었다.

다른 사람들에게 뒤쳐질 수는 없는 일이니까.

"아직 활동을 할 때가 아니라 내부적인 담금질에 힘을 쏟겠다는 이야기가 있었습니다. 이걸 보았을 때 저들은 아직 그의 죽음을 인정하지 않는 것으로 생각됩니다."

"흐음…."

아들이자 남궁세가의 가주인 창궁검 남궁혁의 보고에 검제는 턱을 쓰다듬는다.

암문에선 문을 굳게 걸어 잠근 채 극소수의 이들에게만 방문을 허락하고 있었는데, 남궁세가는 그 소수에 들어가는 자들이었다.

"괜한 집착이 아닐까 싶기는 합니다만… 누구보다 자신들의 문주에 대해 잘 알고 있는 저들이 저러고 있으니, 정말 그가 살아 돌아 올 것 같다는 생각도 듭니다."

"어쩌면. 어쩌면 우리가 잘 못 판단한 것일 지도 모르지."

"그 말씀은 그가 살아있을 수도 있다는…?"

아들의 물음에 고개를 끄덕이는 검제.

검제도 확신을 할 수 없었다.

다만, 암문의 행동과 휘의 실력을 생각해 본다면 쉽게 죽을 사람이 아니라는 것만은 확실했다.

거기에 검제 자신마저도 휘가 죽었을 것이라 생각하지 않았다.

상상을 초월하는 폭발이 있었다.

검제 본인이 휩쓸려도 목숨을 구하기 어려워 보이는, 그런 폭발이 있었음에도 이상하게 죽었다는 생각이 들지 않았다.

그렇기에 몇날 며칠이고 그곳에 머물며 시신이라도 찾으려 하지 않았던가.

참으로 기묘한 일이었다.

이제 것 살아오면서 이런 느낌을 받은 적은 한 번도 없었다.

"만약 아버지 말씀처럼 그가 살아 돌아온다면 무림에 큰 복이 아닐 수 없을 겁니다."

"그렇겠지. 거기에 놈이 없다면 암문의 무인들을 누가 제어할 수 있을까. 그들과 부딪치지 않기 위해 또 다른 심력을 소모해야 할 수도 있는 일이지…."

"저도 그리 생각합니다."

두 사람은 이미 암문의 전력에 대해 어느 정도 알고 있는 상태였다.

물론 눈치 것 알아낸 것들에 불과했지만 그것만으로도 암문의 전력은 엄청난 것이었다.

사실 그 정도 전력이 되니 그동안 일월신교의 앞을 막아설 수 있었던 것이지, 그렇지 않다면 벌써 공중분해 되고 남음이 있었을 터다.

"그보다 신묘께서 계속해서 연락을 해오고 계십니다."

"감투를 쓰라는 거겠지."

"그분께서도 답답하시겠지요. 아귀다툼을 하는 통에 정도맹이란 거대한 세력이 표류하고 있으니…."

"뭐, 슬슬 나서는 것도 나쁘진 않겠지."

검제의 말에 눈에 띄게 밝아지는 남궁혁의 얼굴.

사실 남궁혁이 아버지인 검제의 얼굴을 보는 것도 무척이나 오랜만이었다.

폐관에 들어갔다가 나온 것이 바로 오늘 아침의 일이었던 것이다.

"실마리를 얻으신 겁니까?"

"음. 느낌은 나쁘지 않아. 아직 부족한 점이 있기는 하지만 어쩔 수 없는 일이지."

한계를 넘기 위해 폐관에 들었던 검제다.

그런 그가 실마리를 찾았다는 것은 한층 더 강해졌다는 것을 의미하는 것과 같다.

다시 말해 남궁세가 아니, 무림의 전력이 올라간 것이다.

이는 일월신교와의 싸움을 앞두고서 대단히 반가운 소식이었다.

"허면 연락을 취해놓도록 하겠습니다."

"맹주의 자리에 오른다고 해서 본가가 이득을 볼 것이란 생각은 버리는 것이 좋을 것이다."

"기대도 하지 않았습니다. 이미 세가들끼리는 이야기가

끝났습니다. 소림과 무당에서도 동조를 해주기로 했으니 맹주의 자리에 오르시는 것엔 문제가 없을 겁니다."

"좋아. 우선은 사상누각(沙上樓閣)과 같은 정도맹을 바로 세우는 일부터 시작해보자."

"준비하겠습니다."

검제(劍帝) 남궁세존.

그가 마침내 정도맹주의 자리에 오를 각오를 다졌다.

猎在
归黑
暗 75 章

75 章

　북해에서 중원으로 향하는 길은 몇 가지가 있지만, 휘가 택한 길은 이전 빙궁이 중원 침략을 위해 움직였던 길이었다.

　이전의 일이 있었기 때문인지 중간 중간 감시를 하는 자들이 보인다.

　'느슨하긴 하지만 없는 것보단 낫다는 판단이겠지. 이젠 필요 없겠지만.'

　빙궁이 자신과 함께 하는 한 저들은 사실상 필요 없는 인력이 될 테지만 휘는 개의치 않았다.

　어차피 자신의 사람도 아니지 않은가.

　파바밧.

빠른 속도로 움직이는 휘.

북해의 눈과 얼음이 보이지 않기 시작한 지 이틀.

겨우 이틀 만에 휘는 중원의 경계라 할 수 있는 감숙에 들어 설 수 있었다.

빙궁에 의해 감숙 무림은 초토화 되었다.

감숙의 터줏대감이라 할 수 있는 문파라고는 공동파가 유일한데 빙궁의 파상공세에 밀려났다.

그 때문인지 다시 돌아오고 나서도 이전의 성세를 보이지 못하는 것도 사실이었다.

덕분에 일월신교의 등장으로 인해 무림 전체가 혼란스러워졌지만 감숙은 예외였다.

아니, 조용하진 않았다.

어지간한 곳보다 더 시끄러웠지만 다른 곳이 일월신교 때문에 시끄러운 것과는 큰 차이가 있었다.

무주공산이 되어버린 자리를 차지하기 위해 문파들끼리 연신 다투고 있었으니까.

'쓸데없는 짓들이지. 일월신교의 하급무사들이 나서는 것만으로도 이곳의 어지간한 문파는 다 정리가… 응?'

식사를 해결하며 도시를 시끄럽게 만드는 문파간의 다툼을 지켜보던 휘의 눈에 우연히.

아주 우연히 한 사람이 눈에 들어왔다.

그저 지나칠 수도 있는 얼굴이었지만 그럴 수가 없었다.

휘가 아주 잘 알고 있는 얼굴이었으니까.

'흑랑(黑狼) 이도.'

아직 중원에 알려지진 않은 이름이지만 훗날 집요할 정도로 도망치는 자들을 쫓으며 죽이는 것으로 악명을 떨치는 자다.

게다가 휘가 아는 한 그는 명령이 없이는 결코 움직이지 않는 자였다.

그런 그가 이곳에 있다는 것은….

'또 무슨 꿍꿍이지?'

탁.

일월신교 놈들이 무언가를 꾸미고 있다는 것이기에 휘는 조용히 자리에서 일어섰다.

스윽.

자연스럽게 밖으로 니와 놈의 뒤를 쫓는다.

작정하고 자신을 숨기고자 했을 때의 휘는 코앞에 두고서도 찾지 못할 정도다.

그런 휘의 추적을 피하는 것은 처음부터 불가능한 이야기.

흑랑은 도시 이곳저곳을 정처 없이 돌아다니는 것 같았지만 휘는 금방 눈치 챌 수 있었다.

자신이 놈의 뒤를 밟고 있듯, 놈 역시 한 사람의 뒤를 밟고 있다는 것을 말이다.

작은 체구의 사내가 다급하게 움직이면서도 혹시나 모를 추적을 피하기 위해서인지 이곳저곳을 들쑤시고 다니지만, 아쉽게도 흑랑에겐 통하지 않았다.

그 사실을 모르는 사내는 한참 뒤에도 자신의 뒤를 쫓는 것 같은 사람이 없자 안도하며 도시를 벗어난다.

자연스럽게 흑랑이 자신의 모습을 감추며 그 뒤를 쫓고.

놈의 뒤는 휘가 쫓는다.

사내가 도시를 벗어나 한참을 움직인 끝에 도착한 곳은 석창산(石槍山)이란 곳으로 그 이름처럼 산 전체가 창처럼 생긴 돌들로 이루어져 있는 곳이었다.

산이라 불리고 있음에도 나무 한그루 없는 이곳엔 사람은커녕 동물도 살지 않는 척박한 곳.

다시 말해 사람이 들어올 일이 없는 곳이었다.

파바밧!

석창산에 들어서자 본격적으로 속도를 내어 산을 오르던 사내는 어느 순간 산 중턱쯤에 나 있는 동굴을 향해 거침없이 들어간다.

사람이 겨우 들어 갈 수 있을 정도의 동굴.

미리 위치를 알고 있지 않다면 쉬이 찾을 수 없는 그곳으로 들어가는 사내.

사내가 들어가는 모습을 보고서도 흑랑은 쉬이 안으로 들어가질 않고 인근에서 숨어 지켜본다.

그러길 반 시진.

돌연 동굴 안에서 덩치가 있는 사내가 툭 튀어 나오더니 주변을 살피곤 다시 사라진다.

사내가 들어가고 나서도 흑랑은 자리를 지켰고.

일 다향이 되기 전에 또 다른 사내가 나와 주변을 살피고 안으로 사라진다.

그제야 조용히 동굴 안으로 들어가는 흑랑.

'이거 재미있네… 저 안쪽의 기척을 읽어낸 것 같지는 않고. 미리 이곳에 대해 조사를 한 건가?'

흑랑의 뒤를 쫓던 휘는 놈이 하는 행동을 보고선 웃는다.

한 번도 아니고 두 번이나 사람이 나와서 주변을 살폈다면 또 그러지 말라는 법이 없는데도, 흑랑은 더 기다리지 않고 들어갔다.

그 말은 이곳의 방비 체제에 대해 미리 알고 있었다는 이야기가 된다.

'이곳의 방비 체제를 알고 있으면서도 놈의 뒤를 쫓은 이유가 뭐지? 이곳을 뒤엎을 생각이었다면 굳이 그러지 않아도 되었을 거고.'

동굴 안으로 들어가지 않은 채 고민에 빠지는 휘.

놈의 의중을 쉬이 짐작 할 수 없었다.

동굴 안에 제법 많은 사람이 있다는 것은 이곳에서도 알 수 있었다.

물론 휘 정도 되지 않는 고수가 아니라면 잡아 낼 수 없 겠지만.

흑랑이 사내의 뒤를 쫓았다는 것은 그가 꽤 중요한 인물 이라는 것이다.

반대로 이곳의 방비 체제를 안다는 것은 이미 이곳에 대 한 파악이 끝났다는 것이기도 하고.

어느 쪽이든 일을 벌이려면 벌서 벌였을 것인데… 안으 로 들어간 흑랑이 조용한 것을 보면 어느 쪽도 아닌 모양.

'이 시기에 흑랑이 움직였던 기억이… 없군.'

잠시 기억을 뒤져보지만 곧 자신이 실수했음을 깨닫는다.

이미 자신이 알던 미래와는 완전히 달라진 뒤다. 기억을 뒤진다고 해서 지금 상황이 떠오를 리 없다.

'어쩐다? 이곳에 있는 다고 뭔가 해결을 할 수 있는 것도 아닌데. 그냥 갈까?'

일월신교의 행사를 방해하는 것은 괜찮지만 지금 상황을 보면 제법 시간이 걸리는 일인 것 같았다.

게다가 놈들이 수면 위로 드러난 이상 굳이 이런 일에까 지 자신이 신경을 쓸 필요도 없고 말이다.

잠시 고민하다 암문으로 복귀하려고 마음을 먹은 그때였 다.

챙챙! 챙!

동굴 안쪽에서 아주 미세하게 흘러나오는 병장기 소리.

휘의 기감에 걸려든 동굴 안의 사람들이 얽혀 싸우기 시
작했다.

거기까진 그럴 수 있다고 보는데, 재미있는 것은 흑랑의
움직임이었다.

'감시가 아니라… 호위였나?'

이제야 놈의 행동이 이해되기 시작한다.

스르륵.

휘가 동굴을 향해 몸을 움직인다.

"독행랑! 네놈이 배신을 하다니!"

"지랄하고 있네! 내가 죽을 판인데 누굴 걱정하는 거냐!"

"배신자들을 쳐라!"

"죽여!"

두 패로 갈라진 채 치열한 싸움을 벌이는 오십여 명의 사
람들.

독행랑이라 불린 자들의 숫자는 겨우 스물에 불과해 무
려 열이나 적었지만, 작은 숫자에도 불구하고 저들을 압도
하고 있었다.

"크아악!"

"컥!"

"대체 어떻… 쿠루룩!"

푸확!

사방에서 튀어 오르는 피.

죽는 자들의 공통점이 있다면 이해 할 수 없다는 눈빛을 하며 죽어간다는 것이었다.

이 자리에 모인 자들의 실력은 대부분 고만고만하다.

헌데 배신자들이 보이는 실력은 그 정도가 아니라 자신들 보다 월등히 강했다.

그것도 한 둘이 아니라 모두가 말이다.

"네놈들! 일월신교에 완전히 붙었구나!"

"크하하하!"

우웅.

누군가의 외침과 함께 독행랑이 크게 웃는다.

그와 함께 그의 몸에서 흘러내리는 지독한 마기.

짧은 시간 동안 막강한 힘을 얻은 그 이면엔 일월신교에서 제공을 받은 마공이 존재하고 있었다.

무인이라면 누구나 갈구하는 강력한 힘을 일월신교는 충족시켜 주었고, 그 만족감이 함께 했던 자들을 배신하는 결과를 가져왔다.

이러니저러니 해도 결국 자신의 이득을 위해 동료들을 배신한 꼴이다.

길지 않은 시간이 흐르고.

독행랑과 뜻을 함께하는 이들을 제외한 모두가 죽임을 당했다.

큰 손해 없이 놈들을 완벽하게 제압한 모습을 보며 독행
랑들은 아주 만족한 눈으로 서로를 바라본다.

그러다 독행랑이 큼직한 걸음으로 한곳으로 향한다.

그곳엔 이번 싸움에 조금도 개의치 않은 한 사내가 바위
에 걸터앉아 있었다.

흑랑이 뒤를 쫓던 그 사내였다.

"괜찮지?"

"충분하다 못해 후회스러울 정도로."

독행랑의 접근에 사내가 웃으며 묻자 그 역시 웃으며 고
개를 끄덕인다.

그 말처럼 너무나 만족스러워서 진즉 이 길을 선택하지
않았던 것을 후회 할 정도였으니까.

"약속대로 우리 쪽에 붙어줘야 하겠어."

"약속하지. 헌데 정말 이 다음 무공서도 볼 수 있는 것이
겠지?"

"물론. 너희에게 보여 준 것은 일장에 불과해. 그 뒤 역시
우리가 충분히 보유하고 있지. 앞으로 세상은 두 가지 부류
로 나뉘게 될 거다. 일월신교에 협조하는 자와 그렇지 않은
자. 그런 의미에서 보자면 너희들의 선택은 탁월한 것이지."

"좋아. 옥면랑 네 제안을 받아들이지. 살면서 네 밑으로
들어갈 것이라곤 생각해보지도 않았는데… 이 정도라면
어쩔 수 없지."

"좋아, 그 선택 후회하지 않도록 해주지. 하지만 먼저 고쳐야 할 것이 있는데… 그 말투. 마음에 안 들어."

움찔!

말이 끝나기 무섭게 온 몸을 죄여오는 막대한 힘에 독행랑은 두 세 걸음 물러선다.

그리곤 침을 삼켰다.

눈앞의 옥면랑 역시 자신과 비슷한 실력을 지녔던 사내였다. 헌데 이젠 아니었다.

자신 정도로는 상대도 되지 않을 정도로 옥면랑은 강해져 있었다.

하지만 그리 기분 나쁘진 않았다.

옥면랑이 그러했듯 자신 역시 더 강해질 수 있을 테니까.

'당장은 밑에 있겠지만 힘의 논리가 이야기 된다는 곳이라고 하니… 곧 뒤집을 수 있겠지.'

눈을 빛내던 독행랑이 고개를 숙인다.

하지만 그 눈빛을 옥면랑이라고 해서 못본 것은 아니었다. 아니 오히려 모르는 척 했다.

놈뿐만 아니라 그동안 포섭하고 다닌 대부분의 놈들이 그런 눈빛을 보냈었으니까.

하지만 곧 알게 될 것이다.

한 번 벌어진 실력차이를 메우는 것은 아주 어려운 일이라는 것과, 자신 역시 놀고만 있진 않는다는 것을 말이다.

"아직 이름을 정하진 않았지만 제법 많은 인원을 모았으니 곧 정식 개파를 통해 무림에 우리 이름을 알리게 될 거다. 조금이라도 더 많은 활약을 펼쳐야만 앞으로 다가올 세상에서 더 인정을 받을 수 있을 테니 열심히 해야 할 거다."

"흐흐흐, 그건 문제없소."

놈의 대답에 피식 웃으며 옥면랑이 자리에서 일어섰을 때였다.

"이거… 재미있는 이야기를 들었네."

"누구냐!"

채챙! 챙!

들으라는 듯 동굴을 울리는 목소리에 재빠르게 반응하는 무인들.

그 짧은 사시에 옥면랑은 놈들의 가장 뒤편에 선다.

하지만 누구도 거기에 신경을 쓰진 않았다.

어둠을 뚫고 한 사람이 천천히 걸어오고 있었으니까.

이곳의 존재에 대해선 철저하게 비밀로 하고 있었고, 입구에 혹시나 몰라 사람을 세워 놓았는데 아무런 소식이 없다.

그 말이 뜻하는 바는 하나.

이 세상 사람이 이미 아니라는 것이다.

그렇게 휘가 놈들 앞에 모습을 드러낸다.

"방금 전에 했던 말, 다시 들어봤으면 좋겠는데."

얼굴 가득 미소를 지은 휘가 물었다.

흑랑의 시선은 옥면랑에게서 떨어지지 않고 있지만, 내심 지겹다고 생각하고 있었다.

자신들끼리는 제법 실력 차이가 난다고 생각하고 있지만, 흑랑의 눈엔 그놈이 그놈이었다. 땀 한 방울 흘리지 않고 놈들의 목을 모조리 베어내는 것도 어렵지 않을 정도로.

아니, 그 정도로 땀을 흘리는 것 자체가 어쩌면 문제일 수도 있었다.

'재수도 없지.'

이번 일을 맡게 된 경위를 떠올리며 쓰게 웃는 흑랑.

실력을 생각하면 그가 이번 일에 투입된 것은 말도 안 되는 일이었다.

그럼에도 불구하고 그가 오게 된 것은 순전히 사람이 부족하기 때문이었다.

지금이야 신교 무인들이 충분히 중원으로 왔지만 이 일을 시작 할 때까지만 하더라도 숫자가 부족했으니까.

덕분에 무작위로 뽑기를 했는데 그 중 하나가 자신의 이름이 있었던 탓에 천하의 흑랑이 옥면랑이란 이름도 들어보지 못한 애송이의 뒤를 쫓게 된 것이다.

'그나마 며칠 뒤면 교대가 된다고 하니 다행이지.'

충분한 인원을 바탕으로 쓸데없이 과잉 전력이 투입된

곳의 인원을 교체해주고 있는데, 며칠 뒤면 흑랑의 차례였
다.

그렇게 따분한 시간을 보내고 있을 때였다.

오싹!

온 몸에 소름이 돋는다 싶더니 순식간에.

순식간에 동굴을 휘어잡는 기운이 있었다.

그리고 그 끝에.

한 사내가 있었다.

덜덜덜!

주륵, 주르륵.

몸을 떠는 와중에 자신도 모르게 오줌을 싸버리는 놈들
도 있었다.

온 몸을 죄이는 강렬한 기운과 당장이라도 정신을 잃을
것 같은 강대한 살기.

옥면랑의 편에 선 놈들 중에 제 정신을 유지하고 있는 놈
들은 거의 없었다.

반항도 적당해야 반항하지, 감당 할 수 없는 거대한 힘
앞에선 입을 여는 것조차 어려운 것이 현실이고.

이들은 지금 현실을 마주하고 있었다.

지독할 만큼 무서운 현실을.

"말을 하는 놈들이 없네."

웃으며 말을 하는 휘의 시선은 옥면랑을 향하고 있었다.

"히익!"

소스라치게 놀라는 옥면랑의 얼굴이 꺼멓게 죽는다.

하지만 정확히 휘의 시선은 옥면랑을 지나쳐 그 뒤.

흑랑을 향하고 있었다.

일렁이는 휘의 기운이 거세게 휘몰아치고.

쿠구구…

낮게 흔들리는 동굴.

그 흔들거림에 독행랑들의 이성이 날아 가버린 듯 했다.

"히, 히히… 하하하!"

"하하하!"

"이런, 조절을 잘못했나?"

놈들의 반응을 보고서야 휘는 자신의 실수를 깨달았다.

아무렇지 않게 날린 살기가 놈들이 감당하기엔 너무나
강렬했던 탓에 버티다, 버티다 못한 정신이 결국 날아가 버
린 것이다.

쉽게 말해서 백치가 되어버린 것이다.

어지간해선 살기에 노출된다고 해서 정신이 날아 가버리
진 않는데, 방금 전 휘가 내뿜어 낸 살기는 보통의 것이 아
니었다.

인간의 본능을 뒤흔들어버리는 살기.

혈마공의 성취가 높아지며 얻은 또 하나의 능력이지만

그동안 깨달을 틈이 없었다.

침을 흘리며 연신 기괴한 웃음을 지으며 바닥을 기어 다니는 놈들을 보며 난감한 얼굴을 하던 휘는 곧 손을 흔들었다.

투두둑!

털썩!

단숨에 바닥에 쓰러지는 놈들.

휘의 손에서 날아간 지풍이 놈들의 사혈을 짚어버린 것이다.

'이대로 사느니, 죽는 게 낫겠지. 저 상태로는 이곳을 빠져나가지도 못할 테고.'

최소한 이곳을 벗어날 수 있을 정도라면 살려두었겠지만, 그럴 수 없을 것 같으니 죽였다.

차라리 그 편이 저들이 조금이라도 편해지는 방법이라 생각하면서.

그리고 그 모습에 옥면랑이 기겁을 한다.

옥면랑이 놈들보다 조금 강하다곤 하나 휘의 기세를 그냥 버텨낼 수 있을 리 없다.

놈이 버틸 수 있었던 이유는 하나.

"나오지?"

흑랑 때문이었다.

스르륵.

휘의 말이 끝나기 무섭게 모습을 드러내는 흑랑.

그의 얼굴은 딱딱한 벽돌처럼 굳어 있었다.

어떻게든 임무를 완수하기 위해 노력했지만 놈은 이미 자신의 위치마저 파악하고 말을 걸고 있었다.

이것이 뜻하는 바는 하나.

임무 실패였다.

"뭐, 뭐?"

갑작스런 흑랑의 등장에 놀라는 옥면랑을 향해.

그는 가차 없이 주먹을 휘두른다.

퍼억!

단숨에 머리가 박살나며 허물어지는 놈의 육신.

임무는 실패다.

더 이상 옥면랑에겐 가치가 없음이니 다른 말을 꺼내기 전에 먼저 죽여 버린 것이다.

다만 흑랑이 놀란 것은 자신의 행동을 말릴 줄 알았던 그가 아무렇지 않은 얼굴로 자신을 보고 있다는 것이었다.

'짐이 줄었다고 해서 상황이 바뀔 것 같진 않군.'

흑랑은 이미 자신이 이길 가능성이 조금도 없다는 것을 잘 알고 있었다.

어떻게든 기회만 있으면 밖으로 도망치려고 해봤지만 그 것도 여의치 않다.

일월신교의 무인으로서 도망친다는 것은 큰 치욕이지만

지금과 같은 상황이라면 다르다.

어떻게든 교에 지금의 사실을 알려야 했다.

교에서 모르는 초강자가 등장했다는 것은 결코 신교의 앞날에 좋을 리가 없는 것이다.

'문제는 방법이 안 보인다는 것이지만.'

주륵.

자신도 모르게 턱을 따라 흐르는 식은땀.

그렇게 잔뜩 긴장한 흑랑과 달리 휘는 여유만만이었다.

이젠 흑랑 정도는 아무렇지도 않게 상대 할 수 있을 만큼 휘는 강해져 있었다.

"준비가 됐으면 시작해 볼까? 해야 할 이야기도 많고."

으득!

휘의 말이 끝나기 무섭게 이를 악무는 흑랑.

점점 몸을 죄여오는 기운에 대항하기 위해 노력해 보지만, 쉽지 않았다.

오히려 덕분에 그와 자신의 실력 차이를 확실히 깨닫는다.

'방법이… 없다.'

살아나갈 구멍이 조금도 보이질 않았다.

그러자 오히려 마음이 편해졌다.

아니, 모든 걸 포기했다.

투툭! 툭!

주르륵!

뭔가가 끊어지는 소리가 들린다 싶더니, 칠공으로 피를 흘리기 시작하는 흑랑을 보며 휘는 아차 싶었지만.

이미 때는 늦었다.

"네가… 알 수 있는 것은… 아무… 것도 없…."

털썩!

흑랑은 놀랍게도 스스로 혈맥을 끊음으로서 죽음을 선택한 것이다.

자신의 입으로 교의 정보를 유출하는 것을 막기 위해.

스스로 떳떳해지기 위해 죽음을 택한 것이다.

"쯧! 깜빡했군."

뒤늦게 혀를 차보지만 이미 놈은 죽은 뒤다.

일월신교 무인들이 얼마나 독한 놈들인지 잊은 대가였다.

자신의 입으로 정보를 유출 할 것 같으면 차라리 스스로 죽음을 택한다. 그것도 서슴없이.

이런 일을 겪은 지 오래되다 보니 잊고 있었는데, 덕분에 놈들의 계획을 알아차릴 좋은 기회를 놓쳤다.

"어쩔 수 없나…."

아쉽지만 이미 죽어버린 상대에게 뭘 들을 수 있겠는가.

발걸음을 돌려 동굴 밖으로 향한다.

그렇다고 아예 얻은 것이 없는 것도 아니다.

놈들끼리 주고받는 대화와 흑랑의 존재.

그것만으로도 놈들이 무엇을 꾸미고 진행하고 있는 것인지 대략적인 감이 온다.

'하부 조직을 만들려는 속셈이로군. 벌써 그럴 때인가?'

전생에서도 이와 비슷한 조직을 만든 적이 있었기에 놈들의 계획이 어느 정도 파악 할 수 있을 것 같았다.

놈들이 원하는 것은 자신들의 피해는 줄이면서, 중원 무인의 피해는 극대화 시키는 것이었다.

하나로 뭉쳐도 부족한 판에 끊임없는 내부 분열은 결국 중원 무림을 괴멸로 몰아갈 것이다.

그를 위해 놈들은 주류에서 벗어난 무인들에게 무공서와 달콤한 미래를 미끼로 놈들을 하나로 엮고 있었다.

'꽤 재미를 봤었지.'

전생에선 덕분에 꽤 재미를 봤다.

하지만 이젠 달랐다.

자신이 존재하는 한 놈들이 바라는 일은 벌어지지 않을 것이다. 물론 무인들 모두를 휘가 제어 할 수는 없는 일이니 배신자들이 아예 안 나오진 않을 것이다.

'그래도 최소한으로 줄일 순 있지.'

휘의 목표는 하나.

놈들 모두를 없앨 순 없으니 최소한으로 배신자들을 줄이는 것이다.

그것만으로도 중원 무림이 받는 타격은 줄어들 것이다.

"지금 상황이라면… 사황련이 제일 타격이 크겠는데?"

문득 떠오른 생각에 동굴을 빠져 나오던 휘의 시선이 남쪽을 향한다.

힘을 갈구하는 데 있어 사파인들도 어디에 빠지지 않으니.

익히는 것만으로도 수배는 더 강해질 수 있는 일월신교의 마공서는 놈들에게 큰 유혹일 것이다.

적어도 전생에선 그렇게 놈들의 유혹에 넘어간 사파인들이 한 둘이 아니었다.

"그래도… 괜찮겠지. 녀석이 있으니."

전생과 다른 것이 있다면 그땐 사황련이 없었지만 지금은 사황련이 있다는 것이다.

그것도 사황이란 절대적 존재를 중심으로 단단하게 뭉쳐서.

그들이라면 사파 무림을 충분히 책임질 수 있을 것이다. 물론 어느 정도 언질을 주긴 해야 할 테지만.

"이젠 곧장 돌아가야 하겠지."

파앗!

휘의 신형이 빠르게 이동한다.

그리운 그곳.

암문으로.

骑石墨遂归 76 章

76 章

"맹주님의 취임을 축하드립니다!"

"축하드립니다!"

쩌렁쩌렁!

정도맹이 떠나가라 외치는 무인들을 보며 검제는 고개를 끄덕이며 천천히 입을 열었다.

"오랜 시간 맹주의 자리는 공석이었다. 때문에 알게 모르게 본맹의 대응이 늦었던 것도 사실! 하지만 이 시간 이후로는 다를 것이다! 정파 무림의 힘을 보여 줄 것이다!"

"와아아아!"

거대한 함성을 내지르는 정도맹 무인들에게 이후 몇

마디를 더 해주고 나서야 정도맹주 검제 남궁세존은 대회의장으로 걸음을 옮긴다.

대회의장에는 빈자리를 찾을 수 없을 정도로 정도맹의 모든 주요 인사들이 자리해 있었다.

몇몇 보이는 빈자리는 아직 그 자리의 주인이 정해지지 않은 것을 뿐.

거침없이 회의장 안으로 들어선 검제는 일어서려는 사람들에게 손을 들어 사양한 후 자신의 자리에 앉았다.

다른 자들보다 조금 위에 마련된 태사의는 한 눈에 대회의장의 사람들을 볼 수 있게끔 자리잡고 있었다.

"아까도 말했지만 그동안 처리되지 못한 일이 많았다고 들었다. 당분간 그쪽에 매달려서 일을 할 생각이니, 각 문파들의 협조를 부탁하지."

"맹주님…."

검제의 말이 끝나기 무섭게 손을 들며 뭐라 말을 하려는 자들에게 검제는 소리를 질렀다.

"닥쳐라!"

우르르릉!

"네놈들의 알력싸움에 정파의 위신은 땅에 떨어졌고, 벌써 몇 개의 큰 기둥을 잃었는지 아느냐! 네놈들의 그 알량한 밥그릇 싸움 때문에 수많은 이들이 죽었음을 모르냔 말이다!"

"……."

대놓고 하대하고 있음에도 누구하나 반항 할 수 없다.

당연한 이야기다.

검제의 배분도 배분이지만 무림제일의 실력이라는 그를 막을 수 있는 사람은 아무도 없었다.

솔직한 말로 검제란 이름 뒤에 가려져 있는 무대포에 가까운 그의 성격을 모르는 자가 몇이나 있겠는가.

괜히 검제와 싸움이 붙었다간 패가망신하기 딱 좋았다.

더욱이 이젠 맹주란 감투까지 써버렸으니.

검제를 맹주로 추대하기 위해 군사인 신묘가 힘을 쓴다는 것은 알았지만 많은 이들이 반대하고 있었다.

여기에 검제 스스로 거절하기도 했었고.

그랬는데… 검제가 생각을 바꾸기 무섭게 분위기가 바뀌었다.

오대세가의 찬성이야 그렇다 치더라도, 소림과 무당까지 찬성하고 나올 줄은 아무도 예상치 못했다.

또한 중소문파들 중에 힘 좀 쓴다는 곳에서도 찬성을 했다.

과반수의 찬성으로 검제는 어렵지 않게 맹주의 자리에 오른 것이다.

그리고 맹주의 자리에 오르자마자 신묘가 그동안 권한이 없어 미루고 있던 일들에 대해 전결에 가까울 정도로 빠른 일처리를 하고 있었다.

덕분에 공식적으로 맹주의 자리에 올라 사람들에게 선보이는 것이 늦어질 정도로.

"내가 맹주의 자리에 앉는 것만으로 본가가 얻는 이득이 없을 것이라곤 하지 않겠다. 하지만! 이 자리에서 선언하겠다. 나로 인해 본가가 얻는 이득은 모조리 정도맹에 내놓도록 하겠다. 이는 이전의 이득과 비교하여 남는 금액에서 대해선 단 한 푼의 숨김도 없이 진행할 것이다."

쉬지도 않고 말하는 검제.

하지만 그 안에 들어있는 말뜻은 보통이 아니었다.

맹주의 자리에 오름으로서 유무형의 이득이 있기 마련인데. 그것을 모조리 포기한다는 뜻이 아닌가.

게다가 이전과 비교해 더 많이 번 돈은 모조리 정도맹에 가져다준다고 한다.

이 정도면 사실상 남궁세가는 아무런 수입이 없다고 봐야 했다.

물론 아예 없지는 않겠지만 이익을 포기한다는 것은 결코 쉬운 일이 아니었다.

"또한 사황련과 손을 잡는다."

"맹주! 그건 독단적으로 처리할 사항이 아닙니다!"

"맞습니다! 사파 놈들을 어찌 믿고 손을 잡을 수 있겠습니까?! 놈들의 비수에…."

"닥쳐라!"

우르릉!

검제의 일갈에 대회의장 건물이 흔들린다.

동시 회의장을 가득 채우는 검제의 강렬한 기세.

그것을 버티지 못하며 내상을 입은 듯 피를 흘리는 자들이 있었으나 검제는 개의치 않았다.

"일월신교는 만만히 볼 상대가 아니다! 그것을 알면서도 중원 무인들끼리 손을 잡지 못할 이유가 어디에 있단 말인가! 좋다! 사황련과 손을 잡지 않겠다면 그것을 반대하는 자들은 일어서라! 일월신교와의 싸움에 선두로 설 영광을 줄 테니!"

"……."

"흥!"

누구도 대답지 않는 모습에 검제는 가당치도 않다는 듯 코웃음을 터트리며 일갈을 내지르려는 순간이었다.

"맹주님."

"…말해봐."

신묘가 검제를 막아서고 나섰다.

다른 사람도 아니고 신묘였기에 검제는 흥분을 가라앉힌다.

"맹주의 자리에 오르신 만큼 그 큰 책임감은 통감하는 바입니다만, 너무 빠른 변화는 자칫 오해를 부르기 마련입니다. 그러니 오늘은 이쯤하시는 것이 어떻겠습니까?"

"으음, 내가 좀 성급했나?"

자신의 물음에 웃으며 고개 숙이는 신묘를 보며 검제는 고개를 끄덕이며 자리에서 일어섰다.

"오늘은 이쯤하지. 하지만 적어도 내 앞에서 이권 다툼을 하는 자들은 내 친히 찾아갈 것이다."

얼음장 같은 한 마디를 남기고서 검제는 왔을 때처럼 성큼성큼 걸어 밖으로 향한다.

그에 신묘는 자리에 모인 이들에게 말했다.

"오늘은 맹주께서 크게 흥분하여 말씀을 하신 모양입니다만, 그래도 그분의 성정은 크게 변하지 않으니 지금까지와 많이 달라질 겁니다. 앞으로 정도맹의 운영도 변화가 있을 것이니 가까운 시일 안에 여러분들께 설명을 드리도록 하겠습니다."

그 말을 끝으로 신묘도 회의장을 벗어나고, 뒤를 이어 많은 이들이 그곳을 빠져나간다.

밝은 얼굴을 한 자들도 있지만, 그렇지 못한 자들도 결코 적지 않았다.

밖으로 나온 신묘는 즉시 맹주의 거처로 향했다.

거처에 도착하자 기다렸다는 듯 신묘를 맞으며 자신의 맞은편에 앉힌다.

"처음부터 너무 강하게 나가는 건 아닌지 모르겠군."

"그동안 너무 느슨했던 것이지요. 이렇게 초반에 휘어잡으면 이후 맹주님의 발언에 반대하는 자들은 거의 없을 겁니다."

"내가 좀 막나가는 성격이라곤 하지만 이 정도는 아닌데 말이야."

입을 다시는 맹주를 향해 신묘는 빙긋 웃는다.

사실 방금 전 대회의장에서 있었던 일들은 모두 신묘의 의도였다.

신묘의 계획에 따라 검제가 움직여 준 것이다.

이는 방금도 말했지만 정도맹 수뇌부에 긴장감을 주기 위해서였다. 그동안 맹주가 없었던 탓에 자신들 마음대로 움직이려는 경향이 있었다.

이젠 맹주가 버젓이 있는 상황에서 그러면 정도맹엔 미래가 없다.

그렇기에 신묘는 과감하게 계획을 세웠고, 그에 동조한 검제가 그대로 따라준 것이다.

"이 나이 먹고 욕을 엄청 먹게 생겼군."

"그 반은 제가 먹게 될 겁니다. 다음번엔 더 크게 반발을 할 것이 분명하고, 이 계획의 입안자가 저라는 것이 알려질 테니까요."

"흐흐, 날 끌어들였으니 그 정도 지분은 나눌 수 있지 않은가?"

재미있다는 듯 웃는 검제를 보며 신묘도 웃는다.

그동안 정도맹을 유지하는 것은 신묘의 역할이었다.

만약 그가 아니었다면 내부 싸움으로 벌써 정도맹은 해산했을 수도 있었다.

정도맹의 역할이 커지고, 힘이 커지면서 이젠 신묘 혼자로는 정도맹이란 거대한 건물을 지탱하기 힘들어졌다.

그런 찰나에 검제가 맹주로 합류한 것이다.

이젠 혼자서 모든 것을 감당하지 않아도 되었다.

"앞으로가 문제입니다. 정도맹의 체질을 바꾸는 작업에 돌입하면 여기저기서 잡음이 들려올 겁니다."

"그 정도야 무시해야지. 말 안 들으면 말을 듣게 만들면 되고."

"물론입니다. 이번 계획에서 가장 중요한 것은 체질을 바꾸는 것과 동시 본 맹 안에 침입하여 있을 일월신교의 간자들을 확실히 잡아내는 겁니다."

"그래야지. 그러기 위해… 어렵게 부른 친구들이 아닌가."

"솔직히 제 눈으로 보고도 믿을 수가 없긴 합니다."

"흐흐, 나도 처음엔 그랬지. 얼마나 놀랐으면 단숨에 달려갔겠나?"

"그렇죠. 그게 아니었다면 검제께선 끝까지 그 자리에 앉으려 하시지 않으셨을 겁니다."

신묘의 말에 검제는 당연하다는 듯 고개를 끄덕였다.

"녀석이 돌아왔으니 이제 안심이야. 게다가 더 강해져서 돌아왔으니… 무림의 홍복인 것이지."

"저도 그리 생각합니다. 다만 생사의 경계를 넘었다곤 하지만 그의 성장은 비정성적일 정도입니다. 만약 적이었다면 벌써 두 손을 들고 다른 길을 찾아봤을 겁니다."

쓰게 웃는 신묘.

검제 역시 이에 대해선 뭐라 말을 할 수 없었다.

괴물 같다고 생각은 했지만 다시 돌아온 녀석은 괴물이란 이름으론 감당 할 수 없을 정도가 되었으니까.

적이 아닌 것을 다행으로 여겨야 했다.

덕분에 일월신교에 한 방 제대로 먹일 수 있는 강력한 패가 생긴 셈이니 말이다.

"그래서 녀석에게 연락은?"

"곧 출발한다고 합니다."

신묘의 말에 검제가 웃었다.

"기대되는군."

자신의 앞에 늘어선 암문의 식구들.

그 얼굴을 하나하나 보며 휘는 빙긋 웃었다.

자신이 없는 동안 저들 역시 한 층 더 강해져 있었다.

'시간이 제법 흘렀을 것이라곤 생각했지만 여섯 달이나 흘렀을 것이라곤 예상지 못했는데…. 나쁘진 않군.'

여섯 달이라는 시간 동안 자신도 강해졌지만 저들도 강해져 있었다.

스스로 만족스러울 정도로.

그리고 마침내 긴 침묵을 깨고 다시 암문이 움직일 때였다.

"다들 미리 전해 들었겠지만 이번 일은 아주, 아주 은밀하게 움직여야 한다. 그리고 난 이번 일에 우리보다 적합한 이들은 없다고 생각한다."

휘의 말에 누구하나 대답하지 않지만 모두들 두 눈을 빛낸다.

암영들이 왜 암영이겠는가.

지금까진 정면으로 부딪쳐가며 싸웠지만 그것은 그들의 영역이 아니었다.

이제부턴 그들의 영역이라 할 수 있는 어둠속의 싸움이다.

그것에 있어선.

세상 누구보다 자신에 넘치는 것이 암영들이었다.

그리고 그런 암영들의 대장이.

암군이다.

"가자."

씩 웃으며 휘가 말했고, 암영들이 움직인다.

암군 장양휘.

그가 돌아왔다.

〈8권에서 계속〉